バーカウンターから世間を見れば

プロローグ

16歳の時から数えきれないほどの夢や憧れがあった。これまでの人生で、それらをすべて叶えてきた。

北新地のど真ん中や銀座の路面店等で50店舗経営し、３万人くらいを採用面接し、数千人を雇ってきた40年の経験がある。車は50台乗り換えて、現在は夢であったあの００７のアストン・マーチンＤＢ11に乗っている。女性は元ミス・インターナショナル、ＣＡ、メディアや芸能方面に至るまで２０００人超と経験してきた。海外には30ヶ国ほど行き、パリやモナコを中心に国内外３０００店舗ほどのフレンチをはじめとする上質のサービスと食事を堪能し、映画は人知の結集と考え４０００本以上鑑賞した。

しかし男手一つで生後３ヶ月の息子の子育てをし、一日５００円しか使えない生活を送った事もある。折しもダスティン・ホフマンが子育てをする映画『クレイマー・クレイマー』が流行っていた頃だった。

一度しかないこの人生を後悔しないよう自分の好きな事ばかりして生きてきた。気ままで好き勝手に生きてきた分、いろんな人に迷惑もかけてきた。申し訳なく、ありがたいなと思う。

男の夢を追いかけ六十数年生きてきたので、もう方向性を改めたりはできない。常に自分に正直に、ロマンを追いかけて、本音で生きてきた。

私は昭和27年に兵庫県西宮市に生まれた。亡くなってから知った事だが、両親共に再婚同士。誕生と共に建てられた家は料理旅館を営んでいた。つまり遊郭。しばらくの間は繁盛して裕福だったが、昭和32年に売春防止法が制定されてしまい、翌33年には赤線が廃止となり貧しくなった。たった5年間のお坊ちゃま生活。

父親は寡黙な人間で、これといって怒られた記憶もない。ただ、「飲む・打つ・買う」の「打つ（博打）」だけは絶対にやるなと、それだけは厳しく言われた。

私の初恋は幼稚園の時で、はじめてキスをした相手は徳岡千恵子さん。何故かフルネームで覚えている。お洒落にとても興味があって、中学2年生から「MEN'S CLUB」を読み、VANを着ていた。高校に進学したが、バイクの免許を取り遊びほうけて学校に行くのを忘れ、1年の途中で自主退学。その時も父親は特に何も言わなかった。

学校を辞めてから喫茶店にたむろするようになった。少年だった私はバイクで2度目のスピード違反をした時、鑑別所行きだと言われた。しかし、偶然にもたむろしていた喫茶店のオーナーの父親が元芦屋警察の署長。一緒に裁判所へ行き、身元引受人にもなってくれた。その身元引受人の目が届く場所での仕事が、たむろしていた喫茶店。私の人生初の仕事であった。その後さまざまな仕事を経験し、雇われる側ではなく経営する側になろうという気持ちが、少しずつ湧いてきた。

車に興味を持った私は、車を買って走り回っていた。気が付けば毎晩のように神戸・六甲山のヘアピンカーブを競っているようなサーキット族になっていた。

アクセル全開でカーブに突っ込んで行き、ハンドルを切ってタイヤを軋《きし》ませる。その時、体に感じるGが快感だった。

走り回ってばかりだったので、一日の走行距離が200キロにもなった。200キロというと、大阪から名古屋の手前くらいの距離になる。タイヤは2ヶ月でツルツルになるほど擦り切れてしまい、キャブレターをいじって少しでも速く走れるようにしてみたり試行錯誤する。青春そのものだった。

夜遊びをしていると周りには悪いモノも付いてくる。当時、若者の間ではハイミナールという眠剤が流行っていた。手軽に入手でき、イイ感じでブッ飛ぶ事ができるので「ハイちゃん」なんて呼んで乱用している者が周りにいた。

ハイミナールを買うお金もない若者の間では「G17」という安価な接着剤が出回っていた。シンナーと似たようなもので、一度試してみると頭が痛くなり、自分には合わないと思って一度きりで止めた。周りの友人たちの幾人かはハマってしまい、バイクでトラックに突っ込んで行ったり、ホテルの浴槽で溺れ死んだりした友達もいた。

友達がやっていた西宮の苦楽園駅前の喫茶店には、結成間もないフォークグループの「アリス」のメンバーがよくたむろしていた。まだ知名度もない頃で、アリスのデモテープを聴かせてもらって、みんなで絶対売れないよな、などと言って冷やかしていたが爆発的なヒットを叩き出した。

その頃の私は、どうしても自分で経営をしてみたいという気持ちが強くなり、18歳の誕生日に実家の軒先を改築して「キャサリン」という小さなスナックを作ってもらった。母親がキャサリン・ヘプバーンという女優を好きだったからその名前を付けた。

私はそのお店の経営者としてやっていく事になった。そこから私の実業家としての人生は始まった。

目次

第一章

18歳でスナックの店長に

自分の店だという事もあり、それまでずっと遊んできた反動からか、自分でも信じられないほど真面目に一生懸命働くようになりました。

水商売がやはり自分の性に合う事を実感していましたし、地元の方も来てくれるようになりお店は繁盛しました。俳優の火野正平さんもたまに顔を出しに来てくれていました。

収入を得られるようになってきた20歳の頃に結婚しました。子供も生まれましたが、彼女と知り合ってからわずか1年ほどで離婚。私も相手もまだ若く子供だったのでしょう。勢い任せの結婚は長くは続きませんでした。

その頃、仕事や結婚の事だとかで親から口うるさく言われて喧嘩になり、スナックを閉めてしまいました。

心機一転を図ろうと一人でハワイに行く事にしました。生まれてはじめての海外旅行。海外旅行に行くというのはある種のステータスといいますか、周りに自慢できるような時代でもありました。昭和50年代の新卒の初任給が3万円ほどで、たしか旅費は13万円くらいかかったと思います。もちろん英語はまったく喋れないのですが、身振り手振りでなんとか一人でやり過ごしてハワイを満喫する事ができました。傷心旅行というよりも、憂さ晴らしに近い一人旅です。

旅は一人に限る。できれば誰にも知らせずにこっそりと行きたい。一人だと気兼ねなく自由にしていられるという気楽さがある。

お土産というあの習慣はどうしても億劫《おっくう》でかなわない。家族や近しい友人などに買ってくるだけなら大した事ではないのですが、仕事柄いろんなお付き合いの方がいるのでお土産の数も多くなってしまいます。そういう事もあって、誰にも知られずこっそりと行きたいなと、今でも思います。旅行に行った人からお土産をもらう事もあります。もらってしまうとお返しをしなくてはいけないので、本当は土産話だけで充分なのです。

話が逸《そ》れてしまいましたが、離婚して店も閉めてからは、乗用車の屋根に箱を積んでスーパーの横でミカンを売る生活。冬の寒い日にはよく売れたものです。実家も出ていたので、車中生活を送っていました。路上に停めたり他人の敷地内に勝手に車を停めて家の人に叱られると移動したり、次の拠点を探す毎日です。

その頃、警官に職務質問された事もありました。

「あなた、家はどこなんですか?」

私はなにも考えずに答えました。

「ここです……」

すると警官は「失礼しました」と言って何事もなく去って行きました。私はこの車が家ですと答えたつもりでしたが、警官はその敷地と家が私のものだといいように勝手に解釈してくれたようで危機一髪でした。

それからまた2年も経った頃に、再婚をしました。相手は友人から紹介された女の子です。

しかしまたしても知り合って数年で離婚。

アウトローを知る

車にミカンを積んで売り歩き、車で寝る生活をしていると寒さで痔《じ》になりました。さすがにいい加減この生活をなんとか方向転換しなくては……と考え始めます。やはり自分には水商売が合っているのだと思いました。

神戸というのは異人館などの西洋風の建物がある山手のイメージがあるかも知れませんが、無頼の街でもあります。近くに阪神競馬場、地方競馬の園田競馬場、尼崎の競艇場もありますし、なんといっても神戸には言わずと知れた大きな組の総本家があります。私はその土地で、「エルメス」という4坪、8畳程の小さなお店を出しました。「エルメス」の客層はその筋の方からテキ屋にダフ屋と完全にアウトローな人たちで埋まりました。

そんなアウトローな年上の人たちにかわいがられて、いろんな事を学びました。一番はそういう人たちに対して免疫ができたというのが大きいかも知れません。その時に免疫を付けた事で、そういう人たちに対応する術というのを知ってその後に怖がる事がなくなったものです。そんな人たちからは競馬・競輪・競艇の教育も受ける羽目にもなりました。半年間程、毎日のようになにかしらのギャンブルに付き合わされたのです。父親の言いつけである「打つだけは絶対にやるな」の禁を破ってしまいました。

8畳程のお店にしては利益が月に120万円程ありました。そのお金を握りしめ西宮競輪場、尼崎競艇場などに通い100万円程はスってしまいました。それまでギャンブルで身を持ち崩す程負け込んでいる人を大勢見てきましたから、100万円程度で済んでよかったとも言えます。

そうしていろいろな堅気ではない人たちに溶け込むうちに、その筋の方の娘さんにも手を出すようになり、お付き合いをした事もありました。

自分で店を開いて水商売をやるという事が、私の生き方としてぼんやりと定まってきたのは20代も後半の頃でした。

やがて3度目の結婚をし、子供が生まれました。しかし、子供が生まれて3ヶ月で離婚。自分でも呆れてしまうほど無責任だと今では分かりますが、当時は何も分かっていませんでした。


水商売というその名が示す通り、水もの商売は浮き沈みが激しいものでもあります。黒字が続いてもう大丈夫だ！　と思ったら必ず落ちる時がやって来るものです。「エルメス」のおかげですっかり調子に乗った私は隣も借りて4倍ほどの広さに拡張しました。

そんな生活をしていたら、店も儲かっていた頃が嘘のように赤字が続くようになってしまい、気が付けば高利貸しから３００万円もの借金を作っていたのです。当時は３００万円を借りると月に24万円の利息を払わなければいけませんでした。

このままでは駄目だと判断した私は次に「ホースクラブ」というラウンジを出しました。ラウンジという名目ですが、実際のところは当時流行していたノーパン喫茶だったのです。

しかし、わずかひと月で駄目になりました。

第二章

西宮から夜逃げ。新大阪。30歳。風俗開業

３００万円の借金を抱えてしまった私は、西宮から大阪まで夜逃げをしました。その頃私は30歳になるかならないかの年齢になっていました。そんな借金をしていても彼女はいました。そんな彼女（未成年）に毎日２０００円のお小遣いをもらって暮らしていました。もちろん情けない生活だと分かってはいますが、夜逃げしてきた身で、その当時はなにもやる気がありませんでした。

いえ、なにもやる気が起きなかったというと、嘘になってしまうかも知れません。

そんな時でも経営者としての気概だけは充分にありました。それしかないと言っても過言ではありません。年下の未成年の彼女にお小遣いをもらっても、自分でなにか経営をしたい

という欲求だけはありました。

ある日、スポーツ新聞を流し読みしていると、エッチな広告欄に目が留まりました。そんな広告を見てしまうと、どうにも収まりがつかなくなってしまいます。目を留めたそのお店はいわゆるファッションヘルスで、料金はたしか2万円でした。

その日からもらったお小遣いをできるだけ使わないようにして貯め込んで2万円を作ってファッションヘルスに偵察に行きました。住所を調べて行ってみるとそこは古いマンションの一室です。

お金を支払い、行為に及んだのですが、その時、私の中を駆け巡ったのは気持ちよさよりも、もっと違う事でした。

「これは、儲かる!!」

時間にすると10分にも満たない短い時間でお客は2万円も払う。女の子が一日に5人もお客の相手をすれば10万円になる。

そんな女の子を数人も置けば、一日の売上げは単純計算でウン十万になります。女の子に渡す分を引いたとしても、これはいい商売になると思ったのです。

その日の夜に彼女に正直に懺悔《ざんげ》をしながら事の次第を洗いざらい説明し、まとまったお金を作って欲しいと頭を下げました。勝手に彼女からもらったお金で風俗に行っておいて、さらにまとまったお金を貸して欲しいとお願いをするなんて自分でもメチャクチャだと思いますが、その時はもう何も考えず、とにかくお金を用立てて欲しいという事と、誰かそういう仕事がやりたいという女の子がいたら紹介して欲しいと頼みました。

しばらくして、優しくて先読みのできる彼女は30万円を用立ててくれました。女の子の求人をかけ、人数もある程度集まると新大阪の適当なマンションの部屋を8つ借りて、スポーツ新聞の三行広告欄にも宣伝を出し、ファッションマッサージ店を開業しました。

当時は風営法なんていうものがなく、誰でも風俗店を出そうと思えば出せる時代だったのです。

すると、あれよあれよという間に大繁盛してフィーバーしたのです。

広告を出すと、電話がひっきりなしに鳴ります。興味本位の男性が多いものだなと呆れもしますが、自分もそうやって電話をかけていた一人ですから、その気持ちは痛い程よく分かります。

雇った女の子の中に、銀行勤めをしている子がいました。昼間は銀行で働いて夜はうちの店の電話番をさせたり経理を任せたりしていました。銀行の窓口業務や電話の受け答えをしているようなきちんとした子ですから、言葉遣いや声質がとても丁寧です。その丁寧な声色で「お客様のご希望のコースは、何コースでございますでしょうか?」などと、シモの言葉を言わせていると、受話器越しのお客様は悶絶されていたようです。そのおかげもあってか、お店はフィーバーし続けて連日電話は鳴りっぱなし状態の大忙しです。

開業して半年も経った頃には、なんと1億円近く稼ぐ事ができていたのです。

すべてが上手くいきはじめる

彼女から毎日2000円をもらうヒモ生活から一転して、毎日の利益が80万円程出るようになりました。頑張ってくれた女の子たちにお給料を渡しても手元には多くのお金が残り、暮らし向きは急激に変貌しました。宝くじの高額当選した人が急に大金を持っても使い方がよく分からないというように、似たような嬉しい悩みが出てきます。急に羽振りがよくなると、気持ちも大きくなるもので、毎晩のように北新地で飲み歩く日々です。飲み歩く時にはポケットにいつも100万円の札束が4つ5つ入っていました。

それまで手にした事のないようなお金が毎日入ってきます。念願だったラスベガス旅行にも行きましたし、ロータスエスプリターボもキャッシュで買いました。当時でたしか1400万円程だったと思います。

この車を手に入れたのは、外車ショーに出掛けた時でした。私が欲しいと思っていたベンツが半年待ちでしか買えないとの事で、他になにかカッコいい車はないかと見て回っていました。すると、あのボンドカーがきらびやかに展示されていました。白のロータスエスプリターボ。価格は１６８０万円となっています。スタッフを呼び止めて「経費もすべて込みで１４００万円にしてくれるんだったらキャッシュですぐ買う」と声をかけると、即答でＯＫと言われて、思わず衝動買いで手に入れてしまったのです。

私の走りがいつもアクセル全開なのは若い頃からの癖で、ジェームズ・ボンドになった気分でポルシェやフェラーリといつも競走をしてました。４車線全部が私の道。そんな危なっかしい気持ちで公道を突っ走っていました。

ロータスは本当に繊細な車で、シフトのワイヤーが直径５ミリ長さ１・２メートルほどで、支えなしでギアボックスに伝えているため、弛《ゆる》むとギアが入らないのです。でもそういう繊細なところがロータスのよさなのだと思います。

その頃になると、新しい彼女もできていました。羽振りがよくなり生活が変わると、それまでの彼女と溝が深まり別れてしまったのです。そんな時に出会ったアメリカ人とのクォーターの彼女と同棲をしているうちに彼女の妊娠が判明しました。

どうせだったら、彼女の祖国のアメリカで産もうと、妊娠６ヶ月の時、ハワイに行く事になりました。アメリカで出産すると日本とアメリカの二重国籍が取れるので、その方が子供にとってもいいだろうという考えもあったのです。ワイキキから少し離れたところのコンドミニアムにしばらく滞在しながら、出産に備える日々。

そのコンドミニアムは、たしか月に23万円程かかったと思います。当時の日本人サラリーマンの平均月給が18万円くらいでした。しかし、お金はもう気にする事がないほど稼いでいますから、気にもなりません。

出産に備えてワイキキまで来ているのですが、ビーチの絶景も買い物も食べ物もすべてに飽きはじめて、ワイキキ辺りにあったダイエーに行くようになっていました。そうしていると、ただ高いお金を払って長い間ハワイで暇をつぶしているだけになっていると気づいたのです。

「あかん、ダイエーなんて日本でなんぼでも行けるやん」

やはりまだまだ出産まで時間がかかるなら、一旦日本に帰ろうと思い帰国しました。コンドミニアムは3ヶ月の契約でしたが1ヶ月の滞在になりました。大阪に帰り3ヶ月ほどで息子が産まれました。

拉致監禁事件勃発！

新大阪で荒稼ぎができたファッションマッサージ店を畳もうかと考え始めました。その頃は先にも記した通り、風営法などもなく、誰でもすぐに風俗営業ができるような時代でしたから、続々とライバル店が出現したり、地回りのややこしい団体がビルの前に街宣車を乗り付けて嫌がらせを受けたりなんていう面倒な事も起きるようになってきました。

そしてまた懲りずに離婚をする事になり、子供は私が引き取る事になったのです。そんなこんながいろいろとあって、この商売からは足を洗おうと考えたのです。

さて、これからどうしようかと考えていた時に、お店で働いていた女の子の彼氏が、お店の権利を買い取りたいというので、１２０万円で譲渡する事にしました。権利といっても、店舗として使用していたマンションの部屋やその他一切合切を売り渡しただけです。それまでの店の売上げから考えても１２０万円で譲渡というのは、かなり破格の値段だったと思います。

それからしばらく経った頃、私に1本の電話がかかってきました。この電話がまさか私の身に危険を及ぼす電話になろうなどとその時は露ほども知りませんでした。

電話を取ると女性からでした。面接の応募で電話をしたので、面接をして欲しいと言います。

しかしその頃はもうお店の求人募集もしていない時期でした。もしかしたら、前に出していた求人情報を見てかけてきたのかも知れません。もちろん新しい女性と出会うのは私の生業のようなものですし、ではひとまず会いましょうと喫茶店で待ち合わせをする事に。

喫茶店に着くと、まだ女性は来ていないようです。ゆっくりと珈琲でも飲んで待っていようかと思っていたら、急に背後から身体を押さえつけられてテーブルに叩き伏せられました。

一体何が起きたのか訳が分かりません。

「お前が鷺岡《さぎおか》かっ⁉」

押さえつけてくる男に顔を向けると、俳優の白竜と寺島進を足して2を掛けたような強面《こわもて》男が私の名前を怒鳴りつけます。

「一体、何なんですか???」

一瞬の間に、私の頭の中は走馬灯のように高速回転して、自分がしてきた悪さの数々に思いを巡らすのですが、こんな目に遭う程酷《ひど》い事をした覚えはありません。そうして訳も分からないまま喫茶店から連れ出されて、店の前に停めてある車に押し込まれてしまいました。

「俺が一体何をしたというんや⁉」

「うるさい、黙っとけ！」

車はしばらく走ると繁華街から離れて行き、郊外に出て行ってしまいます。人気も減って、窓からは山が見えてきたりします。

(俺は訳も分からないまま埋められてしまうのか？　それとも山奥に裸で縛られたまま置い

て行かれるのか？）

　これまで聞いた事のある怖い仕打ちの数々が脳裏を駆け巡り、恐怖のボルテージは上がって居ても立ってもいられなくなりますが、まるで映画のワンシーンのような状態の私は逃げようもありません。

　しばらく行くと、駐車場から直行で部屋に行ける型のラブホテルに辿り着きました。

（まさか！　男に犯されてしまうのか⁉　そ、それだけは嫌や〜‼）

などという恐ろしい事はなく、チンピラたちはようやく拉致した理由を教えてくれました。私に恨みを持ってこんな事を企てたのは、私が店の権利を売った女の子の彼氏だったのです。店を買ってからというもの、ほとんどお客さんが来ない状態が続いたそうで、逆恨みをした彼は腹いせに私を拉致したのだと言うのです。

　その話を聞いてなるほどな、と思いました。実は店を売る前に、スタッフの男性が顧客名簿を盗んで辞めていたのです。どこかよそで同じようなお店を開いていて、お客さんはそちらに流れていたのかも知れません。しかしだからといって、私を拉致していい訳はなく、その上なんと私に損害賠償として５００万円を支払えと恐喝してきました。支払わなければ解放しないと言い張ります。

　１日目はそんなもの払う訳がないと言いましたが、もちろん聞き入れてはくれませんでした。拉致されたといっても、ぶん殴られた訳でもありません。抵抗しても仕方がないとハナから諦めもありましたし、こちらが暴れないので向こうも手を出す事は特にはありませんでした。しかし監禁されている事に違いはなく、現実感がないというのかなんだか他人事のような気持ちになったりもしていました。

ラブホテルに監禁はされていますが、ホテルのルームサービスでご飯などは食べさせてくれました。切迫した状況の中では心理状態もおかしくなってるのか「コイツら、なかなかいい奴じゃないか」と勘違いもしてしまいそうになります。

2日目になり、こんなところにずっといる訳にもいかないのでなんとか脱出しようと、

「分かった！　お金は言われた通りに払う。せやけど、こんな所におったらお金の作りようがない。とにかく外に出してくれ」

現在のように携帯電話もない時代です。外部との連絡はホテルの電話でしかできませんし、電話番号も覚えていない相手にはかけようもありません。チンピラたちはひそひそ声で相談をしたかと思うと、こう言いました。

「それもそやな。外に出したるから金作ってこい」

本当にいい奴らだと心底感心してしまいました。ヤクザも拉致も捨てたもんじゃない。素直な奴らでよかった。

それからすぐあっさりとラブホテルから解放された私がその足で警察に駆け込んだのは言うまでもありません。犯人たちは指名手配されてあっという間に逮捕され、首謀者である彼氏も捕まりました。先方についた弁護士が示談でなんとかならないかと持ちかけてきたので、慰謝料２５０万円で手打ちと一筆念書を入れさせました。そして彼らも釈放となり一件落着。

結果的に２日間拉致されて２５０万円を稼ぐ事になったのです。

第三章

便利屋１９８４時代

半年で1億を使いきり、子供を引き取った私は途方に暮れていました。慣れない子供の世話を私一人でみなくてはいけませんし、子供を食べさせていくためにはなにか仕事をして稼がなくてはなりません。風俗営業からも撤退したばかりです。

さて、何の仕事を始めようかと考えました。

当時は便利屋業というのが始まった頃です。そこで私はお金をかけずすぐにでもできる仕事として「便利屋１９８４」を開業しました。気の利いた名前なんて考えている余裕もなく、その年が１９８４年だったからというだけのストレートなネーミングです。

どんな事をやってでも子供に食わせてやらないといけない、という気持ちから便利屋を開業したのです。

舞い込んで来るのは近所のポスティングなどの仕事が大半で、せっせとチラシを撒いたりしていました。そのなかでも大きな広告会社のチラシ撒きの仕事を取る事に成功しました。なんと週に180万円程の案件です。それを2~3週間頼みたいという大口契約でした。

これは便利屋もうまくいくぞと喜び、アルバイトも雇って仕事に精を出しました。ところが2週目に入った頃、なんとクライアントから打ち切りの連絡が入ったのです。突然の契約打ち切りに私は驚愕しました。せっかくの大口契約で一生懸命やっていたのにどうしてなんだと?

というのも、アルバイトの子が原因だったのです。チラシを配らずに私の目の届かない公園に山積みで捨ててあるのをクライアントが見つけたというのです。そのため、クライアントからは1円のギャラももらえませんでした。

便利屋の仕事でもなんでも稼ぐ事ができるのだと自信を持っていましたが、スタッフの管理ができなかったという自分の詰めの甘さに落胆してしまいました。

探偵まがいの依頼も多く舞い込みました。探偵事務所に頼むと経費やらなにかと料金の請求が高くつくものですが、私の便利屋は一件一律5000円という低価格でやっていたので仕事の依頼は多くありました。

たとえば、人探しです。電話番号が変わってしまい消息が分からないのでその人を探して欲しいという依頼がありました。今の時代のようにFacebookなどのＳＮＳは当然ありません。行方が分からなくなった人を探すには自分で地道に足を使って探さないとどうにもならない時代です。それには多大な労力がかかるので探偵に頼みたいが料金が高く、安い便利屋に頼もうと考える方が割と多くいたのか、人探しの仕事は時々舞い込んできたものです。

当時は電話局がいたるところにあり、窓口で電話料金を払っていました。仕事の依頼が入ると私はまず電話局に行きました。依頼された使われていない電話番号の料金を支払いに行くと、変わった新しい電話番号で領収書をくれます。そこで私は移転届けを出したいと申し出て新しい住所も聞き出す事に成功、という塩梅《あんばい》です。

人探しの依頼もあれば、定番どころというのか浮気調査の依頼も多かったものです。自身のこれまでの女遊びの経験が功を奏したといいますか、浮気調査の依頼なんかは受けてすぐにターゲットの浮気の証拠を見つけ出し、あっという間に任務を遂行していました。依頼の多くは女性が多かったので、証拠を突きつけられる男性には申し訳ない気持ちでしたが、仕事なので仕方がありません。

しかし、便利屋業はたいした稼ぎも出ず、年収１００万円程の極貧生活。子供と自分が食べるのが精一杯で、２年程は毎日コンビニのおにぎりをかじりながら一日５００円で生活を送っていました。

あまりにもお金がないので昔の知り合いを頼って、３０００円でもいいのでお金を貸して欲しいと頭を下げたりしても貸してもらえません。お金がなくなるとそれまで周りにいた人たちがクモの子を散らすようにどこかに行ってしまいました。

ほんの数年前までラスベガスに行ったり外車を乗り回していた事がまるで嘘のようでした。

男手一つで子育て

離婚をして子供を引き取った時、子供はまだ生後3ヶ月でした。仕事から疲れて帰ってきてもゆっくり休む事などできるはずもありません。夜中に3回ほど粉ミルクを飲ませたり、紙オムツを買うお金も乏しいので代わりにタオルや布を代用したりもしていました。

ミルクをちゃんとあげたのに夜泣きがひどくなかなか泣き止んでくれない時もあります。ある晩、眠たい目をこすりながらあやしていても泣き止んでくれないので、これはもしかしたらどこか具合でも悪いのではないかと思いました。

救急病院に連れて行かなくてはと財布の中を見ると、３０００円も入っていませんでした。これではきっと足りないだろうと思いましたが、とにかく子供を抱えて傘をさして夜中の病院に駆け込んだ事もありました。

子供が1歳になるまでは本当にあれこれと手がかかり大変だった記憶があります。どこの家庭でも子供を育てるのは大変だと思いますが、シングルファーザーでの育児は私にも子供にとっても、それはそれは厳しいものでした。

子供を託児所に預けるようなお金はもちろんなかったので、小さな子供を家で独りきりでお留守番をさせる事が多くなります。仕事で出かけて一緒にいてやれる時間が少なく、母親も不在という環境で私も子供も生き抜いていかねばなりません。

子供が立って歩けるようになった頃、窓際のカーテンの前をよちよち歩いていました。その時は特に気にせずにいたのですが、夜になって戸締まりをしようと窓際に行くと、カーテンを閉めていたので分からなかったのですが窓が全開になっていました。当時その部屋は14階でした。そんな危ない場所で子供がよちよち歩きしていたかと思うと、ゾッとして足がすくんでしまいました。

ある日、仕事を終えて夜遅くに家に帰ってきました。子供の寝顔を見ようと思って見に行くと布団にいません。畳の上に私のパジャマを広げてその上で眠っていました。パジャマには私の匂いが染み付いています。独りで寝るのが嫌で、淋しかったのでしょう。そんな幼い息子の姿を見た時は涙が止まりませんでした。

2歳くらいになった頃、夜遅くに帰ってくると、子供が机の前でポロポロと涙を流していました。どうしたのかと思って机の上を見ると、そこには私がその子を抱っこしている写真立てがあったのです。

もうこれ以上子供に淋しい想いはさせてはいけないと、それからは仕事に行く時も子供を連れて出るようになりました。仕事のお付き合いで食事に出かけなくてはいけない時なども、帰りが遅くなってしまうので子供を連れて行きましたし、お店の座敷でオムツを替えたりなんていう事もしながら子育てに奮闘する日々でした。

そんな頃、新しく彼女ができました。順調に交際を重ねているうちに結婚話も持ち上がるようになりました。すると彼女はこんな事を言い始めるようになりました。

「私たちが結婚して男の子ができたら、その子を長男にしたいと思ってるのよ。いまの子は、前の彼女との子供でしょう?……捨てちゃえば?」

私は耳を疑いました。普通に付き合っている頃は本当に優しくていい子だったのに、結婚が現実味を帯び始めるととんでもない事を言い出すようになったのです。女の嫉妬というのは本当に恐ろしいものだと感じました。性格まで変わってしまったのだと。

さらに、捨てられないなら死ねばいいのに、などとまで言い出す始末で、結婚話どころか付き合いも解消したのは言うまでもありません。

赤ん坊の頃に淋しい思いをさせてしまった分、それまで以上に子供には愛情を注いでいくようになりました。

子供が小学生の頃に、腰が痛くて立てないと言うので救急病院に連れて行きました。病院に着くと看護師さんがやってきて症状を聞き、「痛くても立ってられるなら大丈夫」とヌカすので私は激昂し、「何言うとんねん！　痛くて我慢できひんから急患で来てるんじゃ！」と怒鳴り散らしました。

過保護というのではなく、子供がしんどい時は全力で守ってやるという当たり前の事をしているだけです。子供も親から愛されているのだと感じる事が大切だと思います。一方的に押し付けるような愛情ではなく、子供に愛されていると感じさせるような愛情の注ぎ方をすれば、非行に走ったり引きこもりになったりする事もなくなるのではないかと思うのです。子育ては本当に難しいものですし、これが正解だというものもないかも知れません。しかし、子供への愛情の示し方というのはその親にしかできない事ですから、しっかりと子供の心に伝わるように文字通り愛情を込めて接してやらないといけません。

それからしばらくすると、西宮の親が子供を預かってくれるといいました。なんでも親が近所のよく当たると評判の易者に私の事を見てもらったところ、私は子供と住むと運が逃げていくという占い結果が出たそうです。

たしかに男手一つで子供を育てるのは並大抵の事ではありませんでした。仕事も上手くいっておらず、子供の面倒をみながらではなかなか難しいと感じていました。丁度そんな事を感じていた時だったので、親からの申し出を受け入れました。子供には悪いなと思いましたが、仕事の劣勢を挽回するためにも攻めに転じていかないといけない時期でもあったので、実家に子供を預けて私はまた一人になったのです。

世はバブルを迎えようとしていた

子供を実家に預けて、攻めに出て行く態勢もできました。儲からない便利屋を閉めて、次なる商売はなにかないかと考えていました。

世間はバブルを迎えようとしている時でした。飲み仲間には資産家たちも何人か出てくるようになっていました。バブルの頃、お金を持っている人はものすごい事をしでかします。たとえば、世界で誰よりも早くボジョレーヌーボーを飲むために大型クルーザーをチャーターして、日付変更線まで行って飲むというお金持ちたちがテレビで紹介されていました。「そこまでしてボジョレーヌーボーを飲みたいのか……」と思わざるを得ません。500万円の高級錦鯉を食べるなんていうのもありました。錦鯉なんかよりも美味しい食べ物はいくらでもあります。要するに、バブルの頃にお金を持っている人は金銭感覚だけではなく、どこか頭のネジがトンでしまっていたのでしょう。

私もこの機運を逃してなるものか、なにかビジネスチャンスはないかと目を皿のようにして「平凡パンチ」を読んでいた時の事です。「平凡パンチ」というのは、「セックス、クルマ、ファッション」がメインテーマの当時の若者向け雑誌です。何気なくめくっていたページにダイヤルQ２という言葉を見つけました。

ダイヤルQ２は、さまざまなコンテンツがひしめき、そこに電話をかけて情報を得るというサービスです。今にして思えばQ２というのは電話（ケータイ）課金ビジネスの根本だったのかも知れません。Q２の電話料金は通常の電話回線よりも格段に高いもので、業者は１分１００円という高額な通話料を取っていました。単純に計算しても1時間話して６０００円の通話料です。10回線だと1時間6万円。24時間なら１４４万円。月にすると４３２０万円。皮算用してみると、すごい金額だと鼻息も荒くなりました。

これはすごいビジネスだと周りに話しました。しかしそのリアクションは薄いものでした。

「恋人でもないのに誰が1時間も電話で話するねん」

と半笑いです。

しかし、私には勝算がありました。タウンページの電話帳に女性の名前で載っているだけでいたずら電話があるといいます。笑いのネタにもなるような鼻息を荒くして「お姉さん、いまどんなパンツ穿いてるの〜?」といった類いの電話です。こんな電話をする人が多いくらいですから、電話でエッチな話を聞きたい人は多いんだと確信していたのです。

ダイヤルQ2はNTTに届け出をする許可制だったのですが、私は素早く申請を出したので、関西の中ではいち早く営業認可されました。おそらくはほとんどの人が私の周囲の人たちのように、誰がそんな電話をするものかと思っていたのでしょう。すると、目論見通りにたちまちQ2事業は繁盛しだして、あっという間に1000万円ほど儲けを出す事ができたのです。それと同時進行でコンパニオンの派遣会社も始めるようになりました。今でいうところのパーティーコンパニオンの管理会社というような感じです。一つの仕事が上手くいってお金ができると、すぐに他の仕事も始めてしまうのは私の癖です。

ある時、飲み屋で偶然仲よくなった男性がいて、話をしていると、こう言いました。

「いまダイヤルQ2って流行ってるけどさ、あれ料金高いやろ? けど俺らはなんぼでもタダで聞けるねんで」

酔っ払った男性が私にそう言うと、連れの男性が余計な事は言うなと釘を刺してたしなめていました。彼らは電話会社の職員だったのです。おそらくは、職員にしか分からないかけ方でやると、どんな通話もタダでかけられたのでしょう。

しかし次第に一世を風靡していたダイヤルＱ２も、高額な電話料金が社会問題として持ち上がるようになりました。アダルトなＱ２だと1分で１００円もかかるようなものが多くありましたし、一般家庭の月の電話代がウン十万になるなんていう事もニュースとして取り上げられていました。いまの時代でいうと、子供のスマホゲームの課金で親が目を剝くような請求額になるのと同じです。そんな事が起きて社会問題に発展してダイヤルＱ２に規制がかかるようになりました。

規制がかかるようになると、利用者も激減して勢いが失われてしまい、それまでのような売上げも上げる事はできなくなり、Ｑ２事業からの撤退を余儀なくされました。

甲子園ラウンジ「アジーム」

パーティーコンパニオンの派遣の方も、思うように稼ぎが上がりませんでした。これはどうしたものかと考えあぐねた私は、飲み仲間の資産家たちに相談しました。

「いろいろ話を聞いてると、やっぱり鷺岡さんには水商売が合うんじゃないかな」

それは私自身も気付いている事でした。よし、じゃあ気合いを入れ直してまた水商売を始めてみようかと思い立ち、資産家たちに支援もしてもらう事ができて西宮に戻ってラウンジ「アジーム」をオープンさせる事ができました。

心配事はいろいろとありました。安く見つけたテナントが西宮の辺鄙《へんぴ》な場所で一階にラーメン屋が入っている雑居ビルでした。ビルの外観も全体的に薄汚れていて、こんなんで果たしてお客さんは来てくれるのだろうかと不安な気持ちのまま船出をしたのです。

しかし、そんな心配とは裏腹にいいスタッフが集まりました。コンパニオン会社の女の子も働いてくれる事になり、その紹介で十三《じゅうそう》のストリップ劇場で踊り子をやっていた女性もスタッフとしてやってきました。その踊り子というのが極上の美人だったのです。

営業を始めて瞬く間に、彼女は顧客を付けるようになり彼女目当てのお客様が大勢店に来てくれるようになりました。当時はカード払いも少なく、現金払いのお客様ばかりで、オープンして2週間足らずでキャッシュでセリカのオープンカーを買えました。

オープンから半年後には、マセラティのスパイダーとプジョーのカブリオレを購入する事ができました。お金が入るとすぐに欲しかった車を買ってしまうのは私の癖です。マセラティは0―400《ゼロヨン》の初速は遅いのですが100キロを超えるとそこからの加速がものすごいのです。これぞイタリアの車という感じで、上質な木目の内装にカルティエ調の時計がとても心地よく、2年程乗っていました。

これは危なくて申し訳ない話なのですが、関西の湾岸線は車の通りも少ないので、250キロ程出したりしていました。コルベットやロータスでもそうでしたが、大体230キロを超えてくると体感する世界が変わってきます。視界が変わるといいますか、道や景色が滑るように緩やかになり、ゲームセンターの車ゲームのようにハンドルがキレました。軽いカーブに差し掛かりブレーキに足を置くと車が滑っていきます。コルベットはGメーターがあるので、いまどのくらいのGがかかっているのか表示されているのを見て楽しんでいました。

その後、ミニクーパーやカマロを購入。同じ車を1年以上乗る事はお洒落ではないと思っているので、どんどんと買い替えていきました。並行輸入の車は買わずディーラーものしか乗りません。外車に乗る事をステータスと考えるならば当然です。車を買う時は、後でできるだけ高く売れるように人気のある色を購入するようにもしていました。

そんな外車で阪神の二軍選手の寮まで迎えに行って飲みに出歩いたりするほど、店は順調に売上げを伸ばしていったのです。その頃芦屋で一番流行っているラウンジの社長もよくお店に来ていました。敵陣視察なのでしょう。お店に入り席に腰をおろした社長は一言つぶやきました。

「こんな場所で、こんな内装で満員やないか」

その社長さんからは「あんたは商売の神様やな」とも言われて嬉しかったのを昨日の事の

ように覚えています。その後、何度もお店に来てくれたのですが、いつもスタッフを引き抜いていくので困ったものでした。本来ならば、引き抜き行為はお断りなのですが、その時の私には余裕があったので止める事もしません。

近所のお店が客単価8000円くらいでやっていましたが、こちらはその10倍。客単価8万円だったのです。42号線にある店の周辺には、お客様が乗ってやって来るベンツやフェラーリやロールスロイスなどの高級車が所狭しと駐車していました。

お店が軌道に乗って順風満帆なある時。この店を出す時に融資してくれた一人の資産家がお店に遊びに来てくれました。

その人のおかげでお店を持つ事ができた訳ですし、感謝してもしきれない程です。お世話になった人ですから、お店に招待して遊んでもらおうと思ったのです。ナンバーワンの十三の踊り子を付けて歓待をしていますと、二人はいい感じになっています。私からすれば、お礼といいますか、一晩くらい二人で楽しんでもらえたらそれでお礼になるかなと思っておりました。

それからしばらくすると、その資産家の方から私に連絡がありました。

「私はこの子と結婚をしたいと思っている。なのでお店を辞めさせたい」

寝耳に水とはまさにこの事でした。踊り子の方もすっかり資産家にゾッコンらしく、もう働きたくないと言い出します。働かないでいい暮らしができるのだからそうなってしまうでしょう。

後から聞いた話によると、どうやらすべては踊り子の計画で、私がその資産家に他の女性を紹介して、そちらに資産家の気が向いてしまっては困ってしまうので、私の方を断ち切ろうと資産家に頼んだそうなのです。

これにはすっかり困ってしまいました。一晩だけのお付き合いくらいならと思って高を括っていたのが大失敗でした。お店の売上げに大きく関わる事なので、水揚げだけは勘弁して欲しいと言うと、資産家は逆に怒り出す始末です。どうやら踊り子に上手く言いくるめられているようでした。挙げ句には融資したお金をすぐに返せなどと言い出します。色狂いしてしまった男というのは、どうしようもありません。

これは失敗したなと気付いた頃にはもう遅かったのです。

甲子園から豊中へ。ラウンジ「バカラ」を開店

「アジーム」で成功を収めた私は、この成功で自信を付けて再び大阪に進出しようと考えました。いろいろと大阪のテナント候補を探していると、豊中市のロマンチック街道と呼ばれ

る辺りに物件を見つけました。実際に見に行くと、30店舗は入れるかという大きな古いビルでしたが、入っているのは2店舗ほどで、ほとんどテナントが入っていない状態でした。周りにはなにもなく、駐車場がパチンコ屋のように広いという物件でした。テナント料も安く、バブルが終わった頃には、時々信じられないような好物件が見つけられたのです。

そこを破格の値段で借りる事にしました。

豊中という場所は淀川を越えて大阪のミナミやキタという繁華街から離れています。そんな豊中の廃墟のようなビルにラウンジ「バカラ」を開店しました。

周りの知人からは、「そんな場所じゃあ絶対に3ヶ月で潰れてしまうで」とよく言われました。

しかし私には勝算がありました。勝算というよりも、予感や自信といった方が正しいかも知れません。「アジーム」を流行らせた事で、自分のなかに確かな手応えを感じていましたし、自信がありました。

ビルの前の国道は車の通りもあります。ここを通る人に宣伝をしなければならないと考えて「豊中で一番綺麗な子がいるお店」という看板を出しました。まあ関西のシャレというやつですね。しかし、そんなシャレの看板がむちゃくちゃ威力を発揮してしまうのが大阪という土地柄なのか、あっという間に「バカラ」は満員御礼になりました。

「豊中で一番綺麗な子がおる？　ほんまかいな？　どれ、ちょっとだけ覗いてみよか」
そんなふうに思って来られるお客様が後を絶ちませんでした。

「どの子が豊中で一番綺麗な子なんや？」

お客様も冷やかし半分で入って来られます。なかには「なんや、豊中で一番綺麗な子なんておらへんやないか」

と文句を言うお客様もいらっしゃいましたが、そこはすかさず、

「あちゃー、一番綺麗な子は今日はお休みなんですよ。次、お店来ていただいたら豊中で一番綺麗な子が見れますよ」

と臨機応変に対応します。もちろん来ていただいたお客様には目一杯サービスして、楽しんでもらうようにするのは言うまでもありません。

瞬く間にお客様が増えて、駐車場に入り切らない車が路上にあふれる程になりました。いろいろな紹介もあり、当時神戸オリックスの外国人選手もよく来てくれていました。たしかイチロー選手が記録を作っていた頃だったと思います。外国人選手を連れて大阪の高いお肉やあわびなどを食べさせたりして「イチローに会わせて欲しい」とお願いをすると「ブルペンでならいいよ」と言うので大喜びしたのですが、結局は会えないままイチローはアメリカに行ってしまいました。

「豊中で一番セット料金が高いお店」と言われるまでお店が繁盛する事になりました。その頃のセット料金は2万5000円でした。その勢いに乗じて同じビル内にもう一軒、そしてこれまた隣の空いていたビル内にもお店を出しました。借りたテナントはどこも繁盛して、それまでスカスカだった2棟のビルには他のテナントが続々と入って知名度も上がり、しばらくすると空き物件だらけでガラガラだったビルはロマンチック街道のなかでもひと際賑やかになり「豊中でも一番熱いエリア」と呼ばれるまでになりました。

ビルの大家さんは私に足を向けて寝られなかった事でしょう。

グラスのお客様からボトルのお客様にさせる方法

ラウンジやガールズバーなどの仕事というのは、ビールのお客様をどうやってシャンパンやボトルワインを入れていただくようにするのか、これに尽きると思います。単価をいかにして上げるのか。それが私のような水商売の売上げに大きく関わってきます。

たとえば、お客様に女の子が付いています。お客様の飲み物がなくなると、すかさずおかわりの注文を取ります。

「何になさいますか?」という聞き方と「同じものでいいですか?」。

この2つの聞き方は、同じおかわりの注文を促す言葉でも大きく異なります。

「何になさいますか?」と聞くとお客様に考える隙を与えてしまいます。お客様が違うものを頼みたい時というのは、こちらが同じものを勧めたとしても違うものを注文されます。だったら同じものを勧めてスムーズに次の注文をいただくというのが賢い聞き方です。そんな小さな言い回しでも売上げが大きく変わってくるのです。

盛り上げ方も大事になります。

お客様が今日はこれで帰ろうかなとおっしゃるのを引き留めて、場を盛り上げて高いワインを飲んでいただくのが腕の見せ所でもあるのです。お客様の好きな話題を振ればもう一杯売れていたかもという、場を読む事も大切です。今日はもういいよ、とおかわりをされないお客様でも、話をして盛り上げてそこでもう一杯おかわりしていただく。そこまでこぎつける事の繰り返しでもあります。

もちろんそれに見合う楽しさが必要になります。これはどんな商売にも通じる事だと思いますが、結局はその人なのです。お客様は女の子と話していて楽しいから、気分がいいからシャンパンを開けたり、お店に通ったりしてくださるのです。

ただワインをどうぞと勧めるだけでお客様が満足されるか? 次回も来てくださるか? 高いワインを飲んでいただけるのは、楽しい会話をして満足を感じてもらえるからこそです。

はじめはグラスワインなどの単価が低いお客様をクラブ並みのおもてなしでＶＩＰに変身していただく、そして次第に美味しくて高いワインに移っていただく。それが私たちの仕事です。

ボトルがなくなった、あるいはなくなりそうな瞬間は、次に繋げるためのタイミングが大切です。

ボトルがなくなりかけた時、いつも最後の方はお客様のグラスにたくさん注ぎます。そして空になる最後はスタッフが飲ませていただくようにして、お客様がおかわりを言いやすい状態にします。ボトルがなくなる頃を見計らい、そこに向けて話を盛り上げるように計算し、思いっきりはしゃぎ、下ネタなどで盛り上がり一気飲みをして「もう一本いいですか？」と持っていくのです。楽しくもう一本いきましょうと。

もちろんそんな思惑は微塵も感じさせないようにしますし、そうできるように女の子たちにも厳しく教育しています。グラスの方がボトルになる時、いつもよりも高いボトルを入れる時は、必ず笑顔で「こんなのいただいてもいいんですか？」と言うようにと。お客様も女の子に笑顔でそう言われると、「まあ、しゃあないか」と思うものなのです。またそう思わせるようにするのが、技術でもあります。

いつも、この一言は何故言っているか、この場でこの会話は何のために喋っているのかを考えなくてはいけません。

久しぶりにお会いするお客様が来られた時の事です。

まずはビールで久しぶりですねと一杯。最初の一杯が飲み終わる頃に、なにか乾杯させていただいていいですか？　でシャンパンを。「今日は急ぐから少しね」とお客様はおっしゃられます。そこで額面通りに受け取っていては、客商売が廃《すた》ります。昔話で盛り上げお客様も酔いが回り饒舌になられた頃にすかさず「次は白をいただいていいですか？」。そして「最後は赤で締めくくりましょう」とお勧めして3本開けていただく。話の運び方や、場の空気の作り方が次のお酒を呼ぶのです。

それは、友人同士で飲んでいる時も同じではないでしょうか。今日はこの一軒で帰るからという友人をなんとか帰らせないために楽しませたり、盛り上げてみたりとあの手この手を使って引き留める時と同じ気持ちです。

「もう、しょうがないなあ。じゃあ、あと一杯だけだぞ」

と、苦笑いの友人も楽しければあと一杯に付き合ってくれるというものです。

ワインバーには、たまに「ウンチクを語りたがるソムリエもどき」のお客様というのもいらっしゃいます。もちろん、ウンチクをいくら語っていただいても構いません。それだけワインがお好きなのは素敵な事です。

しかしそういうお客様に限って、知ったかぶりをされてしまう傾向が強いと気がつきました。そして、もっとこんなものはないのか？　あれがないようじゃあまだまだ、などとこちらが出すワインにケチをつけながら安いワインを飲まれるのも特徴的です。

そういうお客様には、「お客様のお口に合わないこんな安くてマズいお酒は飲めませんよね？　失礼致しました」と釘を刺してから、とびっきり高いワインをお勧めしてボトルを入れてもらうようにします。

私はよく従業員たちにこんな事を言います。

「わたしたちは泥棒です。お客様の懐具合を読んでできる限り使っていただく。ＡＴＭでキャッシングしてでも来たくなる。そんなお店にしないと繁盛しない」

もちろん、代金に見合う楽しい時間を供給できなければただのコソ泥になってしまいます。メニューにある価格通りしかお代をいただかなくても、お客様が楽しくないとぼったくりと言われてしまうのです。お客様に楽しんでいただく事がなによりも大切なのです。

お店は体を張って守る

お酒のあるお店では、多種多様な厄介事も存在します。「バカラ」も繁盛してお客様の出入りが激しくなってきた時に、ひと悶着ありました。

悪酔いしてしまったお客様と男の店長との間で揉め事が起こりました。きっかけは些細な事で、酔ったお客様が女の子の体に過度な接触を試みて、そのうち女の子が泣き出してしまい店長が止めに入って揉め事に。そのお客様はたしか8名ほどの人数でいらしていて、多少気が大きくなっていらっしゃったのかも知れません。

女の子から連絡を受けて駆けつけた私が店にやってくると、まさに修羅場の様相で、店長が胸ぐらを摑まれて殴られそうになっていました。これはアカンと思い、「私がこの店の責任者です！」と二人の間に割って入りました。お客様たちはかなりいきり立っていましたし、これはシバかれるなと思いました。8人にシバかれるのかあ、痛いだけじゃすまへんやろうなあ、けどまあしょうがないなあ、と。

私は店長のような男性の従業員には体を張って仕事をしろと教育をしてきました。女の子のスタッフが絡まれていたりお客様同士が揉めていたりしたら、時には体を張ってでも仲裁をしなさいと言ってきたのです。

なにかがあっても、その場にいるトップの者が殴られたらそれで済みます。お客様や女の子に傷を負わせては絶対にいけません。

時々、飲み屋で暴力事件があったというニュースを見かけます。そんな時に、どうしてお店はもっと早く110番しないんだろうかと不思議に思ってしまうのです。暴力や果てには殺人事件が起きるようなお店で、どうしてお客様が安心してお酒を楽しむ事ができるのかと。なにか揉め事が起きれば速やかに警察を呼び、警察が来るまでの間は上の者が体を張れよと思うのです。

結局、8名のお客様の時はどうにかたいして傷を負う事もなくその場を収める事ができ、スタッフからの信頼を得る事になったのです。

お店が流行り出すと、地元の怖い人たちが守代をせびりにやって来ます。いわゆる「みかじめ料」というものです。

嫌がらせのように毎日お店にやって来てはみかじめ料を請求してきます。あの手この手で遠回しに脅しをかけてくるものですから、それを断るのも大変なものでした。毎日お店にやって来ては同じやり取りを交わすのですが、相手も暇なのか3時間も粘ります。これが毎日続く訳ですから、こちらも堪ったもんじゃありません。

しかし、きっちりと飲み代は払って帰るという律儀な方でしたから、いいお客様でもあった訳です。

台風でも満員にする

悪天候というのは客商売にとって厄介な悩みの種です。台風の時期ともなると、毎週のように台風が日本に上陸するというニュースが流れます。「飛行機はもちろん、電車やバスや高速道路などの交通機関は麻痺してしまうので、早めの帰宅を促します。

「台風が大変なのは理解できるけど、大した事ない時もあるやろ〜」

私はテレビの前でボヤき、営業妨害だとすら感じてしまう時もあります。

成功していた「バカラ」でも、こんな事がありました。一度だけ坊主（お客がゼロの日）になった事がありました。忘れもしない25日の金曜日です。

その日関西地方は台風の直撃を受けていて、せっかくの金曜日だというのになんてタイミングが悪いんだと頭を抱えていました。

同じビルの他のお店は、台風でどうせお客も来ないだろうから早めに店じまいをするつもりだとぼやいていました。私はなんとかお客様を呼べる方法はないかと考えました。

店の前の国道は家路を急ぐ車が列をなして走っています。せっかくこれだけの車が通っているのに店に来てもらえないのか。もったいない。みんな家に帰ってもテレビを見るくらいしかないだろう。本当はどこかに飲みに出て行きたい人もいるはずだと。

どうすればいいのかとない頭を捻った結果、一つのアイデアを生み出しました。

翌日の土曜日、お店の女の子たちに水着を着てもらいました。

女の子たちが文字通り体を張ってくれたおかげで、お店はいつも通りに満席にする事ができました。

どこの繁華街でも、歩いているとキャッチの女の子を見かける事があります。しかし、注意深く見てみると、ほとんどのキャッチの子たちはこれといった目立つ恰好をしている訳でもなく、ただ道行く人に声をかけているだけです。それでは、なかなかお店に連れて行くのは難しいと思います。

昔からある手口で有名なのは、キャッチの子はかわいいけども実際にお店にその子が付いてこないというパターンです。かわいい子は「キャッチ専門の子」で、店に行ったら全然違うブスばかりで一杯食わされたという人も多いのではないでしょうか？　これはまあ騙されてしまっても仕方がない事ではありますが、服装でキャッチ率の成功率は間違いなく変わるのです。

お店が繁盛して目立つようになると、それだけ厄介事も増えていくものです。地元のヤーサンたちが押し掛けてきては「潰すぞ」と脅しもかけてきます。もちろん丁重にお断りさせていただきましたが、厄介なのはヤーサンだけではありません。ヤーサンとは違うタチの悪い団体にはかなり手を焼きました。その団体の方が連日お店にいらしては、料金が高いからまけろというのです。安くしないで正規の料金をいただいていると、今度は嫌がらせをしてきます。地元の警察を使って駐禁や風俗営業の取り締まりをするように仕向けてくるのです。警察を使ってくるというのはヤーサン以上に逃れようのない厄介な事でした。

当時、関西では普通のスナックやラウンジなどは飲食営業の許可だけでやっていけたものです。しかし、女の子がいてお客様にお酌をするだけでも接待という事になりますので、本当は風俗営業の許可が必要となります。当時はどの店も飲食営業の許可だけでやっているお店ばかりで、風俗営業の許可まで取っているところなどありませんでした。風俗営業の許可を取るというのは、念入りな実査が必要で、そんな面倒な事をやっているお店などありません。

警察に通報が入り、責任者の私は警察から呼び出されました。

「お前のところ、風俗営業の許可取ってないやろ？　取ってへんかったら店を閉めろ」

警察が言うのは当然の事かも知れませんが、どこのお店も風俗営業の許可など取っていません。私の店だけが嫌がらせのように圧力をかけられました。出る杭は打たれるとはまさにこの事なんだと痛感しました。警察はすぐにでも店を閉めろと厳しく言ってきます。私は、「店を閉めたら、働いてる子たちはどうすればいいんですか？　みんな生活があるんです。それでも突然辞めさせろというんですか？」

と食い下がりました。それでも警察は「そんなもん、辞めさせたらいい。そんな事は私たちに関係がない」と冷たく吐き捨てます。税金で飯食うてる奴は呑気なもんだと腹が立ちました。いろんな事情を抱えてお店で頑張って働いてくれてる女の子たちもいるのに、なんの情状酌量もないのかと。

そもそも学校が近くにあると許可を取る事が出来ないと分かり、私は「バカラ」を閉める事に決めました。どこの場所でやっても流行るお店を出す自信もありました。豊中でこんなにゴチャゴチャと言われるのはもうかなわん。それなら、関西で最高の場所である大阪の北新地で勝負したろうやないか！　と思ったのです。

人の運というのはドン底まで下がれば龍のごとく上がっていく

仕事で利益を出すためには、どんな事でもやってみます。チラシ配りなんて本当はしたくありません。本音は面倒だなと思っています。お酒もお客様に合わせて飲むよりも、自分が飲みたい物を飲みたいですし、ぼったくりと言われたくはありません。しかし、仕事ですから利益を出さなくてはいけません。あらゆる面倒な事をやっても、利益はほんのわずかしか出なかったりもします。営業費、広告費など経費をたくさん使ってお店が流行っているのだと見せる事も大切だと思ってやっています。

じっとしていてもお客様はやって来てはくれません。とにかくいろいろな事をして、「仕事を動かして」お店やスタッフを活性化すれば、お客様もやって来てくださるようになり、利益を生み出す事ができるのです。

商売というのはギャンブルと同じです。ビジネスチャンスを逃せばそれはギャンブルに負けたのと同じ事。チャンスを呼び込む、ツキを呼び込むのもギャンブラーです。ツキというのは、蒔いた種が花咲く時です。ギャンブル（商売）に勝つために常日頃から種を蒔いておくように心がけていますし、ツキが巡ってきた時にチャンスをモノにできるようにも心がけています。

私はよく従業員にこんな言葉をかけます。

「賢く生きるな、馬鹿になれ」

馬鹿になれる人こそが賢いのです。本当に馬鹿な人は自分を賢く見せようとして、小狡《こずる》くなってしまうだけなのです。

若い従業員でも小狡く立ち回ろうとしている子たちがいました。そんな姿を見ていると、私にも身に覚えがあるので昔の自分を見ているような気持ちになってしまうのです。

誰も見ていないから、自分に関係ないからと手を抜いて賢く生きていると勘違いしていた時期がありました。本当は馬鹿なのに自分だけが賢いと思っていたりもしました。しかしそんな態度というのは、他人から見たらずる賢く立ち回っている馬鹿な奴にしか見えていなかった事を若い頃は気が付きませんでした。

どんな大変な時でもいつでも笑っているくらいの馬鹿になれと思います。私も仕事中は厳しい顔にもなったりしますが、それ以外では笑っているように努めています。

馬鹿になれ！　真面目にやる！　こんな当たり前の事が自分自身に返ってくるものです。何の下心もなく馬鹿になって種を蒔く。上から目線ではなく、馬鹿にならないといけないのです。どんな事でも上手くいく時もあれば、いかない時もあるものです。特に商売事になると、分かりやすいくらいに明暗が分かれてきます。暗黒時代は便利屋を営んでいる頃でした。その頃、私の運は地の底にまで落ちたと感じました。そしてどうやら私には水商売が天職のようだと気が付きました。それ以外の仕事は最初はよくても長続きした試しがありません。

何をしても上手くいかない時は、当然、気分も落ち込みます。しかし、めげずにいる事が大事なのです。そうすると必ず運気は昇龍の如く上がっていく時が訪れるものなのです。

失敗しても命まで取られる訳ではないと思っていました。借金で自殺する人というのはいますが、それは責任感があるのではなく辛い現実から逃げているのです。どうせ逃げるのなら踏み倒して逃げろ、そしてまたやり直せ！　と私は考えます。もちろん、借金を踏み倒して逃げるのはいい事ではありませんが、命を捨ててしまうよりはマシです。

人の運というのはこれ以上ないというぐらい下がれば、そのあと龍のごとく上がっていきます。上がっていった時にそのチャンスをものにしなくてはなりません。借金はその時に返せばいいのです。

第四章

いざ北新地へ

いよいよ関西の水商売の聖地、頂点である北新地にやってきたのです。高級クラブやラウンジ、名だたる飲食店などが軒を連ね、政財界や芸能人などが集まる夜の社交場。それまで何度も遊びに訪れては、「俺もいつかはここで一軒でも店を構える事ができたらええな」と思っていた夢の場所である大阪・北新地（通称：新地）で、遂に自分のお店を出す事になったのです。

１９９７年は四大証券会社の一つ山一證券が倒産した年でもありました。そんな事もあってか、人通りもまばらで通りの向こうまで見通せるような時も。

しかし、私の胸には大いなる野望と希望があります。関西で一番のこの場所で、どこまでやれるのだろうか――。

　それまでに豊中や西宮でのラウンジを成功させていた経験があります。この成功体験や経験が新地という場所で一体どこまで通じるのだろうか、と武者震いしていた時、北新地で新参者の私をあらゆる面でサポートしてくださったのが藤木さんでした。藤木さんは、私が通っていた北新地のラウンジのオーナーさんで、いろいろとご相談させていただいた方でした。そのおかげでラウンジ「コワニー」をオープンさせる事が出来たのです。

　しかし、お店をオープンしてもお客様はほとんど来てくれませんでした。

　あまりの暇さに、店長もお店を閉めた方がいいのではないか、とボヤいています。まだオープンして一週間ほどしか経っていない時の事です。

　そこで私は、またしてもお客様を呼び込む方法を考えなくてはなりませんでした。いつどの場所でお店をオープンしてもやる事は変わりません。

　まず一つは、求人です。いまの時代では水商売の給与支払いは日払いなども当たり前にありますが、当時の水商売の求人では「当日全額日払い」というのはほとんどありませんでした。しかし、私のお店ではそれをやる事にしました。他のお店の求人欄を見ても、どこも全額日払いをしているお店は見当たりません。当日全額支払い、電車がなくなったら車での送りもするようにしました。

するると、その条件に飛びついてくる女の子たちから応募の連絡が来るようになったのです。とにかくたくさんの女の子と会って面接してかわいい子をできるだけ多く採用していきました。

仕事中に着るボディコンスーツもお店で用意済みです。雇われた女の子たちにはその超ミニのボディコンスーツを着てもらいます。

「店長～、これちょっと丈が短すぎじゃないですかぁ?」

女の子たちは制服を着てお互いに恰好を確認し合っています。女の子が言う通り、短すぎるほどの丈のものを買ってきているのだから当然です。パンツ丸見えとまではいきませんが、もうほとんど見えています。

「それくらいで丁度ええよ。顔はかわいらしいし体はセクシーやし、最高やんか」

そしてお店が暇なので、女の子たちにはその恰好で新地をぶらぶらと歩いてもらいました。すると、女の子たちは何処で飲もうかとお店を探しているような男性の目に留まりますし、時には声を掛けられたりもします。

当時の新地には、お店の前に立ってお客様を勧誘する行為、いわゆるキャッチをするというのは恰好が悪いという習わしがありました。しかし、こちらもお客様がやって来ないのに恰好をつけて呼び込みをしない訳にはいきません。お店の前で呼び込みもすれば、街中を歩いてお客様を連れて来るという画期的な営業を行なったのです。

お客様を待っていても、向こうからやってきてくれる訳ではありません。こちらが動く事でお客様をお店に呼び込める。当たり前のようですが、こういった基本に忠実な事をしっかりやるのが大事なのです。

お店はビルの4階にあったので、お客さんがいない時には女の子を通りに立たせて、私は上から通りを見ていました。

通りを行く男性に女の子が声をかけます。そして声をかけながら女の子は私の方を見上げてきます。これは、「この男性はお店に来てくれそうかどうか判断をして欲しい」という合図です。

私が首を振ると「その人は来ない」という合図です。女の子は適当なところで切り上げて、他の人に声をかけます。また女の子が私の方を見上げてきます。私が首を縦に振ると、女の子はより積極的に声をかけて男性をお店に連れてきました。

私は上からその男性の雰囲気を見るだけで、お店に来ていただけそうか、そうでないのかという目が鍛えられたと思います。私が首を縦に振ったほとんどの場合、その男性はお店に来ていただけるほどに判別ができるようになったのです。

お店のママは、豊中の「バカラ」のママにそのまま引き継いでもらいました。寒い冬の日、お帰りになるお客様を外までお見送りに行く時もママはコートを羽織らずにできる限り肌を露出した恰好で通りまでお見送りに行っていました。すると、そのセクシーな姿を見た男性が振り返り、お店に来てくれるかも知れません。ママもそういう事を分かって寒い時でも頑張ってくれました。

ママは、昔は大学のミスコンに選ばれたほどの美貌の持ち主でしたし、CM出演をするなどタレント活動もしていました。新地に来てからも美人でよく稼ぐママがいるという噂が広まり、お店が終わる頃には他のクラブの黒服たちが7～8人ほど店前で待ち構えてスカウトにやって来るほどでした。その中には他の高級クラブから日給8万円で移籍して来ないかという話もあったようです。

豊中から新地に来て磨かれ、より一層輝きを増す彼女のオーラは、見る見るうちに眩くなっていったのです。

そして3ヶ月も経つとお店は繁盛するようになりました。女性スタッフ23人が常時出勤しており、中には北新地美人ベスト5に選ばれるような女の子もいたりして、満席が連日続くようにもなり、週末ともなると2時間半の待ちができる状態にまでなったのです。

そうすると今度は予約が殺到するようになりました。オープン前の予約だけで満席状態になる事もあります。それでも、予約のお客様は時間通りに来られない場合も多いので、予約が入っていても目の前のお客様をどんどんお店に入れていました。満員でお店に入れない時でも、「もうチェックが入っていますので」と言ってお客様にお店の入り口で待ってもらいますと、中にいるお客様もお店が混んできたと席を空けてくださいます。

バブル期が終焉を迎えていた時期です。山一證券は潰れ、新地に人通りも減ったその時期に、店長だけの売上げで月に１０００万円に届く事もありました。開店当時はお客様ゼロの状態だったのに、軌道に乗せる事に成功したのです。

しかし、タレント業に未練を持っていたママはお店を去る事になりました。彼女は私がプレゼントした洋服すべてをゴミ袋に入れて捨てて去って行きました。ゴミ袋の中は総額数百万円分の洋服が詰まっていましたが、私も惜しまずそのゴミ袋を捨てました。

その後は連絡を取っていないのでどうしているのか分かりませんでしたが、東京に来てから彼女の事を知っているお客様が「麻布十番のクラブで見かけたよ」と教えてくださいました。もうあれから15年以上の月日が経っていました。麻布に行って探せば見つける事もできるかも知れません。しかし、思い出のままで胸の奥の引き出しにしまっておくのがいいだろうと思っていましたし、彼女の事はそれ以降耳にしなくなりました。

仕事は自分で作るもの

「コワニー」も無事に軌道に乗せる事ができて、お店も大忙しの状態が続きました。近隣のお店の中でもズバ抜けて流行っているお店になり、その評判が口コミで広がっていくという好循環が生まれていました。

一般的に月曜日というのは、水商売のお店はどこも暇な日だと言われています。

しかし、私のラウンジは週末が明けた月曜になってもお客様が多く入っていました。同業の知り合いも、どうしてあのお店だけお客さんが入るのかと首をかしげていました。

もちろん、なにもしないで週初めからお客様が飲みに来られるという訳ではありません。月曜日が暇にならないようにＤＭを送っていたのです。

「月曜日は、スリップドレス・シースルードレス着用の日！！！　スタッフ一同、お待ち申し上げております」

女性スタッフの服装を変えるだけで、週末並みにお客様がわんさかと押し寄せて来ました。

男の下心がどんな事で刺激をされるのかは、熟知しているところです。いつもは露出をしていないお気に入りの女の子が露出するともなれば、ちょっと見に行ってみようか、と思うのが男の心理というものです。月曜は暇なものだから、と何も手を打たずに放っておくのではなく、ちょっと工夫をした呼び込みをするだけでも売上げは確実に上がるのです。

上手く集客ができずにお店が暇だという同業者の話を聞く事があります。私が考えるに、暇な状態というのはお店のスタッフが作るものであり、お客様が作るものではありません。お店を忙しくするのはスタッフ自身です。お店が忙しくなるというのは、スタッフたちの頑張りなのです。私たちのような水商売は、スタッフにお客様が集まる仕事とも言えます。

そして営業時間の最後の最後までお客様を迎えようとする意気込みが必要不可欠です。常連さんにはスタッフが個人的に手紙を出したりします。そんな細やかなやる気がお店にお客様を呼ぶものです。

そうして私は新地に次々に新規店舗を出して行く事になります。ラウンジやワインバー、ガールズバーの原型のようなお店、大阪のリッツ・カールトンで寿司を握っていた職人を引き抜いて鮨屋を出したりもしました。

採算の合わないお店はタイミングを見て閉めては、また違う新しいお店を出したりを繰り返しながら、計16店舗のお店を経営するほどになりました。

なかでもワインバー「I WILL」は、当時大阪ヒルトンホテルのフレンチレストランでチーフソムリエをやっていた川角《かわすみ》という男を引き抜いて始めたお店です。

この川角という男は、関西のワイン業界では有名なソムリエでした。ソムリエ協会一期生でワインの講師もやっていて川角の名前を知らない業界関係者はいないという程です。

私は普段からそのお店に通っていて、この川角の事を見初めていました。

「いつか私がワインバーを出す時には、この関西で一番と言われる男を雇えたらいいな」

そんな野望を抱いていたのです。川角の店へ訪れたのは数知れず、プライベートでも飲みに連れて行ってはいろんなワインを飲みながら濃密な交流を重ね、

「もし、ヒルトンを辞める時はいつでも連絡をくれたらいい」

と言っていました。

するとある日の昼下がりに、彼から電話がかかってきました。

「もし私がお店を出したいと言ったら、鷺岡さんは助けてくれますか？」

どうやら川角の職場では人員整理が行なわれていた時期で、これまでの体制から変わってしまうらしく、それだったらこれを機にヒルトンホテルを離れてみようかと考えた時に、私の事を思い出してくれたそうです。

もちろん私は快諾し、川角を店長に据えた「I WILL」というワインバーを新地でオープンさせたのです。ワインバー「I WILL」は川角の他、彼に付いてきたヒルトンホテルのメンバーで構成する事になりました。

この気難しいと言われていた男の引き抜きに成功した事で、大阪のホテル業界で私の名前も知られるようになった程でした。関西のソムリエは私が川角のバーのオーナーという事を知っていたので、どこのホテルに行ってもＶＩＰ扱いをされるようになりました。

川角という優秀なソムリエを自分のものにしたい、という気持ちが強かったのはもちろんですが、結果的には川角がお店を出すという噂を聞きつけたお客様が、たくさんやって来てくださるという嬉しい誤算もありました。そうやって次々に仕事を自分で作り忙しくしていった結果、お店がどんどんと増えていきました。

「I WILL」はＤＲＣワイン、五大シャトーとそのセカンドというメニューだけで営業していました。要は美味しい高級ワインしか置いていないワインバーにしようと思ったのです。これはもちろん、目利きである川角がいるからこそできた事です。

グラスはすべてバカラで揃えて、高級ワインの代名詞ロマネコンティをグラスで出していました。いまでこそ高級ワインをグラスで出すお店も珍しくありませんが、その頃ロマネコンティをグラスで出しているお店というのは他に聞いた事がありませんでした。

すぐにお店は繁盛して忙しくなりました。これまでのラウンジのような女性スタッフは置かずに男３人だけで営業していても、一日の売上げが28万円程をあげるようになりました。忙しくなると、お客様からいただいたワインで酔っ払ったスタッフや酩酊したお客様が、一日に何個もバカラのグラスをふざけて割っていました。

しかし、私は注意したりしませんでした。お客様と一緒にバカラが割れる綺麗な音を楽しんでいました。そんな素敵なワインバーだったのです。

「I WILL」は、川角が1年間店長を務め、その後は松原が店長となり、この2人のおかげで北新地で最高の評判を得る事が出来ました。

現在、2人はそれぞれの店を北新地で構えて繁盛させているようです。

女の子の採用基準

私はこれまでトータルすると50店舗以上のお店を出してきました。そして新しいお店を出すたびに採用面接を行なってきました。大勢の従業員を雇おうとすると、それだけ多くの面接者と出会う事になります。一日に100人ほど面接をした事も何度もあります。多種多様の人が自分を雇って欲しいとやって来る訳ですから、こちらも同じ事を何回も説明したりして体力的にも疲れますし、気力も削られるというか、どんどん気を吸い取られていってしまうような感じがします。

その昔は、私が面接をせずに店長クラスに任せていた事もありました。

ある時、面接でやって来た女性がいました。彼女は元アナウンサーでかなり優れた美貌の持ち主でした。面接担当者と話し合い、時給１８００円で話がついて翌日から働いてもらう事になったという報告を聞いた私は怒りました。

なぜ、いますぐに働いてもらうようにしなかったのかと。時給をもっと上げてでも今日からすぐに働いてもらわないと逃げてしまうと思ったからです。

ですが面接担当者は、「明日から来ると言っていたのでそんなに心配しなくても大丈夫じゃないですか？」と言います。

履歴書にある写真を見ても、これほどの美人ならば月の売上げが１００万円以上アップするであろうと思ったのです。

私が心配した通り、元アナウンサーの彼女は翌日には連絡がつきませんでした。おそらく、他のお店にも面接に出かけて一番高くもらえるお店に行ったのでしょう。

面接で相手の言う事を鵜呑みにしても、初出勤するまでは本当に来るかどうか分からないのが水商売の女性の特徴とも言えます。本当に働いてくれるかどうかは未知数ですから、出勤当日にはスタッフからきちんと相手に連絡を入れるように念を押しています。

当日、新人が出勤する見込みで出勤人数を少なめにしていたのに来なくなり、スタッフが足りずに慌ててしまう事も充分にあり得るのです。

いい新人が入る事で、既存のスタッフたちは仕事が楽になる面がありますし、お客様も来ていただきやすくなる訳ですから、新人はできるだけチヤホヤしてヨイショした方がいいと私は思っています。

私が経営するのは基本的にお酒を出すお店なので、スタッフもお酒が飲めるに越した事はありません。

しかし、お酒が飲めない子でも採用する事はあります。お酒が飲めなくても雇うかどうかの大きな基準は至極単純な理由です。

かわいい事が絶対条件です。

かわいければ、お酒が飲めなくても構いません。お客様はその女性を目当てに来てくれるからです。

他に見る事といえば、素直な性格かどうか。面接では猫を被ってくる子も大勢いると思いますが、こちらもプロです。それまで何千人と面接をしてきて何百人と雇ってきた経験がある訳ですから、話してみれば相手がいくら猫を被っていたとしても、大体の性格は摑めます。

妙に個性の強い、言い方を換えれば癖が強そうな女性は雇わないようにしています。

やはり癖の強い女性よりは、こちらの言う事をちゃんと聞ける素直な女性の方が育てていきやすいというものです。私も若い頃にアクが強い子を雇った時、苦労をした経験がありました。そういう女性は自己主張が強すぎたり、思い込みも激しかったりする傾向があり、注意してもなかなか聞き入れないような事がありました。私のお店で働くからには、私の言う事をきちんと聞いてもらわないと困ります。嫌なのだったら辞めてもらうしかありません。

水商売経験のある女性というのも数多く面接にやって来ます。どういうふうに仕事をすればいいのか要領も分かっていますし、どんな仕事でも経験者の方が優遇される場合が多いでしょう。しかし、私は経験者より未経験でも素直な性格の女性の方を雇います。

これは単純に私自身が女性を育てるのが好きだという性格だからかも知れませんが、完成されたものよりも、原石を見つけてそれを自分で磨いていきたいからです。真っ白な状態の女性に仕事のいろはを教え込んだ方が染まりやすいものです。私の価値観を染み込ませて純粋培養できれば、その女性はお店で売上げを上げるようになれるからです。

かわいい子。素直な子。もう一つ選ぶ基準は、「この子とエッチがしたいと思うかどうか」です。そんなスケベな目で私の事を見ないで！　と思われてしまうかも知れませんが、仕方がありません。

名前は忘れてしまいましたが、紫綬褒章を受章された方がおっしゃっていた言葉で印象に残っている言葉があります。

「着物を作る際には、女性がその着物を着た時に脱がせたいと思わせるような色気のある刺繍を施す」

その言葉を聞いた時になるほどな、と思いました。

私がかわいいなと思わなかったり、エッチがしたいなと思わないような女性を、お客様が気に入ってくれるのかという事です。それほどかわいくなくても、性格が素直でなかったとしても、エッチがしてみたいなと思わせるオーラというか色気を持った女性というのは確かに存在するものです。

分かりやすいところだと、顔はそんなにだけれどもスタイルが抜群にいい女性だとか、甘えるのが上手なタイプだとか。

もちろん、いままで雇った子の全員が素直に私の言う事を聞いてくれた訳ではありませんでした。対人間ですから、時にはぶつかり合った末にクビにした女性も何人もいます。しかし、根がいい性格の女性たちが多いのか、辞めた後でもお客様を連れてお店に遊びに来てくれる子たちも少なくありません。クビにした女性たちが集まってやってくるものですから、私の事を恨みに思ってお礼参りの袋だたきにしに来たのかと思えば、そんな訳もなく、みんなで昔話に花を咲かせながら忘年会をした事もあります。

そんな時には、私の目に狂いはなかったのだと、性格のいい元従業員の女の子たちに囲まれながら美味しいお酒を飲む事ができるのです。

女性へのプレゼント

男ならば女性にプレゼントをするのが挨拶代わりとでもいいましょうか、好意を示すいい機会でもあります。しかし、そこで張り切っていきなり高価な物をプレゼントするのは三流の渡し方になってしまいます。せっかく値が張るブランド物をいきなり渡すのはもらう方にも圧がかかってしまいます。

女性に靴をプレゼントしては駄目だともいいます。その靴を履いて逃げて行ってしまうからという話もありますが、ステキな靴でステキな所へ連れて行ってくれるとも言います。けれど、女性がもらって一番嬉しい物は靴やバッグだという話もありますので、真偽の程は分かりません。いくら高価でもネックレスやピアスや指輪などのアクセサリーもNGです。これも、もらった相手が必ず身に付けないといけないという圧がかかってしまいますし、プレゼントした方も必ず身に付けていて欲しいという圧をかけてしまいます。

それほどお金をかけなくても手軽で確実に喜ばれるモノがあります。それは一体何か分かりますか？

答えは、美容グッズです。

女性は誰でも、いくつになっても、美に興味があるものです。アンテナを張り、共通の話題を見つけ、次に会った際にプレゼントしてあげると喜ばれます。

そういう細やかなジャブを入れて、ここぞという時にはやはり高価な物をあげたくなる、また、欲しがるのも男と女の心情です。ねだられるのではなく、プレゼントをしたいと思わせてくれる女性を見極める事も大切なのは言うまでもありません。

相手の女性がどんなブランド物が好きなのかをさりげなく聞き出します。

ブランド物を買い求めてそれをデートより先に渡してはいけません。渡してそれで終わりになってしまう可能性があるからです。

渡す前にデートの約束を取り付けて、デート中に渡すなどなにか交換条件を出した方がいいのです。そうじゃないと、ただプレゼントを買って渡すだけの配達員になってしまいかねません。露骨に餌をチラつかせたりするのではなく、あくまで楽しいゲーム感覚で交換条件を出し、こちらが主導権を握れるようにしておきましょう。

「女性にどんなプレゼントをあげればいいのか？」と聞かれたら、私はそのようにアドバイスをしてきました。

恋人同士としての関係になってからのプレゼントは、私なりのポリシーがあります。

まず相手の女性にラ・ペルラなどの高級下着をプレゼントします。

常にTバックを穿いてもらいたいのです。

女性には常にセクシーでいて欲しいものですから、できるだけいい下着を身に付けておいて欲しいというのが私の希望です。

女性が身に付ける物というのは精神的にも肉体的にも影響を及ぼす事は間違いありません。楽だからとヨレヨレの穿き古した下着を身に付けていると、気持ちもたるんでしまい、体型もたるんでいくばかりです。高級下着を身に付ける事で気持ちが引き締まると、呼応するようにして身体も引き締まって色気というものが出てくるのです。私がこれまで見てきた飲み屋で、デキる女性スタッフのTバック率はものすごく高いのです（当社比）。

そしてこれは先程のアドバイスとは逆になりますが、流行の高級なヒール靴をプレゼントする事もあります。ジミーチュウやクリスチャンルブタンなど1足10万円以上の靴をプレゼントします。気を引くためのプレゼントで靴はあげませんが、付き合う彼女には常にいいモノを身に付けて綺麗でいて欲しいからです。

では逆に男性の場合はどういったプレゼントが嬉しいのでしょうか？

一般的にビジネスマンの場合だとネクタイかも知れませんが、私自身で考えるとパッと思い浮かばないのが正直なところです。女性からもらうのだとしたら、それは高いモノよりも優しい言葉やメールだけでも嬉しいプレゼントだと思っています。ちょっとキザ過ぎますかね？　けれども事実、男とはそんなものだと思うのです。

女性（ホステス）の口説き方（オチない女性はこの世にいない）

ある時、路上でキーケースを拾いました。車の鍵や家の鍵のようなものまで付いているので、これはきっと持ち主もお困りであろうと、紳士な私はダッシュで交番まで届けに行ったのです。

警官にキーケースを渡して調書に名前や住所を書き込んでいました。少し離れたところから警官がチラチラと私の顔を盗み見てきます。手元にはなにか持っているようでした。どうやらその手元と私の顔を交互に見ています。

なにを見ているのだろうと、こちらも盗み見してみると、なんと手元には指名手配犯の顔写真リストがありました……。

善意の行為として交番にやって来たにもかかわらず指名手配犯の疑いをかけられるなんて

酷い話です。なんて失礼な奴なのだと一喝してやろうかとも思いましたが、それよりも自分はそんな顔をしているのかというショックの方が大きく、しょんぼりと肩を落として交番を後にしました。

そんな見た目の私ですから、昔から女性にモテるために人一倍の努力をしてきたとも言えます。

どんな女性にも必ずレディーファーストです。女性と接するたびに気を付けていると、過不足のないレディーファーストが身に付きました。駐車場で車に乗り込む時は、必ず先に女性を助手席に乗せてから駐車料金を払いに行きます。帰りに車で送れない時は必ずタクシーを拾ってタクシー代をさりげなく渡します。

食事の際も、抜かりはありません。先に女性に座ってもらい、適切なタイミングで女性のひざの上にナプキンをかけます。ステーキの場合は必ず真ん中の美味しい部分を彼女に取り分けています。蟹を食べる時は、食べやすいように一生懸命ほぐしたものを笑顔で差し出します。

水商売の世界に長く身を置いてきた私ですから、お付き合いをした女性というのも同業者が多いものです。

大阪の北新地に友達が経営をしているキャバクラがあります。おそらく新地では一番流行っているのではないでしょうか。時給7000円というような子もいて、みんな美しい女性ばかりです。

そういうお店に通うお客様は、なかなかのお金持ちが多いもの。しかし、中小企業の役職並みに稼いでいる女の子たちもいるので、お金でモノをいわせて落とそうとしてもなかなか陥落してくれないものです。

大阪の女性（ホステス）は情に脆《もろ》いのが特徴的です。「やっぱ好きや！　めっちゃ好きやねん！」のやしきたかじん方式の押していくのが有効です。

お店に行っても、お目当ての女の子と長く一緒に居たいからと長時間の滞在は厳禁です。たまにならいいかも知れませんが、長時間居座り続けるよりも毎日1時間だけでも指名をする方が断然いいのです。

長時間居てお金を使ってあげるよりも、指名の数で時給が上がるので、毎日指名してあげる方がいいのです。男性のおかげで時給も上がり、彼女も感謝の気持ちが芽生えるでしょうし、情にほだされやすくなる土壌は築けます。

デートに誘うのは、日曜日は避けましょう。まずは土曜日からがベターです。

日曜だと、女性も仕事は休みでしょうが、その日くらいはゆっくり体を休めたり自分のために時間を使いたいものです。

デートに誘う時は、「美味しいものを食べに行こう!」。これで間違いなしです。美味しいものが好きではない女性はいません。

食事に誘ってもなかなか来てくれないとお嘆きのアナタ。それはもう脈ナシの可能性大なので、諦めて他の女性にいく事をオススメします。

さて、食事の約束まで取り付けたら、そこで大事な事を考えないといけません。

その女性とどうなりたいのか? という事です。

単にエッチがしたいだけなのか、それとも真面目にお付き合いをしたいのか、できるなら結婚までしたいのか。そこまで大袈裟には考えてなくて、一人でご飯を食べる時に付き合ってくれるような関係性か、接待の時などにちゃんと体裁よくしてくれる人材か、連れて歩いて見せびらかしたいような子なのか等々。

それぞれにおいて口説き方といいますか、扱い方も違ってくるものです。

食事に誘う際には、事前に彼女がどんなものが好きなのか、どこのお店に行きたいのかを普段の会話の中でチェックし、リサーチしておかなくてはいけません。

私の経験でいいますと、食事に誘う時は、「オシャレして、美味しい物を食べに行こう」と言います。

相手も「ステキなお店に行けるなら」と思えるわけです。もちろん、食事に行く日付は具体的に決めなくてはいけません。

当日の自分の服装を伝えておく事も気配りや配慮の大切なポイントです。いつか行こうねでは、そんな機会は未来永劫訪れる事はないのです。

私は遊ぶ時には、バカなお金の使い方をする程オシャレだと思っています。女の子に騙されるくらいで丁度いいのだと。女性に対する費用対効果なんかを考えている男性もいるようですが、野暮の極み。バカなお金の使い方をする方がカッコいいと思う私は昭和の人間かも知れません。

そんな私でも、ただ無駄遣いの散財がしたいのではありません。

神戸の女性とお付き合いした時は大変でした。

いまではどうか分かりませんが、バブルの頃の神戸の女性というのは、ブランド好きなものです。人より高価でいいモノを身に付けているというのが自慢の彼女たち。そんな見栄っぱりな神戸の女性と同伴をしたら、テーブルいっぱいの料理を頼んだかと思うと、並べるだけ並べてたいして食べもせずに残してしまいました。

テーブルいっぱいに食べ物を並べるのがオシャレだと勘違いしているようなので、猛烈に叱った事がありました。同伴だから、人のお金だからたくさん頼んじゃえというのは別に構いません。しかし、食べようともせず食べ物を粗末にするのはどうしても許せなかったのです。

東京というのは難しい場所だと思っています。関西とは違い女性も一人住まいが多く、そしてすぐに同棲する傾向があります。これは男からしてみればいい話のように思うかも知れませんが、別れるのも早いのが特徴です。

その時こそが口説くチャンスでもあります。

いいなと思っている女性に恋人がいて同棲をしていたとしても、別れてしまえばチャンスは巡ってくるのです。もちろん、当人から教えてくれるようなものでもありません。女友達から情報を収集しておく必要もあります。

あとは、お金でしょうか。ホステスさんには、お店でお金をたくさん落とすのではなく、チップを弾んであげるのがいいでしょう。チップを渡すと、女の子は必ずお礼の電話をしてくるものです。それがたとえ日曜日でも。

一人暮らしの女性が多い東京ですから、日曜日というのは彼女たちが寂しい時でもあります。携帯に電話しても出ない事がほとんどです。しかし、ここで仕事とは違う感覚を持ち込めたなら、日曜日のデートもすんなりといくでしょう。こちらは女性を癒やす側、愚痴を聞いてあげる立場として。自分自身の仕事の愚痴をこぼしたりするのは得策ではないのでご注意を。

関西は情熱的に押せ押せで、東京は癒やしのスタンスで女性と接するのが吉となる結果を生み出すでしょう。是非お試しあれ。

こんな事をしてはいけない（非モテパターン）

逆に、こんな事をするとモテないというパターンは幾つもあります。これはよく勘違いされる事が多いのですが、マメさとしつこいのとは大きく違います。

マメな男性の方がモテる、というのをどこかで聞いたのか、連絡等をマメにしすぎて「しつこい」となるパターンも多く見受けられます。この程度の差を言葉で現すのは難しいものなので、実践してみるしかありません。何度もやってみれば、相手の反応をうかがいながら、これ以上はしつこくなってしまうなというのが分かってくると思います。

女性を落とそうと思ったら、最初は手を抜いてはいけません。全力で口説きにいかないといけないのです。

しかし、しつこい感じにはならぬように気を配らないといけません。自分によっぽど自信がないのなら、お金やプレゼントを供給する事に徹するのがいいでしょう。

先にも記したように、女性に騙されるくらいがカッコいいと思えるほど余裕を持つ事ができればいいと思うのです。そういう考え方の方がモテます。一番駄目なのは「優しさだけじゃ誰にも負けないから」などといった常套句を熱く語るパターンです。

好きな相手に優しいのは当たり前なのですから。そこをアピールしてグッと来る女性というのはよっぽどの手負いの女性でしょう。不器用な人ほど、好きだとか一途だという気持ちを押し付けてしまう傾向があります。

慣れてきますと、相手の価値観や好きなものなどを日常会話の中で引き出す事もできるようになります。相手が物欲などない場合であっても、女性が尊敬するものなどを上手く聞き出せるようになります。

情報を引き出す事ができれば、相手を知る事が出来るので100パーセント落とす事ができるのです。だからといって、質問攻めはいけません。相手が得意になって話すように仕向ければ最高です。相手が興味がある事を喋り出したら、質問するくらいで丁度いいのです。

興味がある事を一つ二つ喋り出したら、質問を交えながら環境や尊敬できるものなどを聞き出すのがよいでしょう。

そのためには話のネタが豊富である事も必要になります。相手が言う事が分からない、知らない事ばかりだと、女性も興ざめしてしまうからです。そこでいくら質問を重ねても、ウザいと思われてしまいかねません。さりとて、経験してもいない事をまるで経験したかのように知ったかぶりしてしまうのもNGです。知ったかぶりをせずに、その話ができるというのが大切なのです。

朝起きたら、おはようのLINE。そこには必ず最後に会った日の事や、一日の始まりが前向きに、気持ち良くスタートできるように、「今日も一日頑張ってね！　応援しているよ！」などを入れるようにしましょう。

しかし、「美味しいご飯だったね」とか、「君と一緒だったから美味しかったんだよ」なんていう歯の浮くような文言は絶対禁止！　そんな甘ったるい言葉を入れるのは、その女性と一度か二度は寝た事がある人しか送ってはいけません。これをやらかしてしまう人は案外多いものです。そこに酔いしれているのは自分だけなのです。深い関係もないのに浮わついた言葉を言われると、キモい・ウザいと思われてしまうのが関の山です。

そういう文言は、相手の心を摑んだ後に送るべきです。

同じ文言であっても、相手の心を摑んだ後に言うのと、嫌われている時や始まったばかりの時に言うのとではニュアンスがまるで違ってくるのです。

相手の心を掴んでからも「好き」と「キレイ」は忘れずに毎日唱えるのです。「キレイ」は、女性を美しくさせ優しくさせる魔法の言葉なのです。

相手の心を掴んでいない時にキモい言葉を並べ立てたりしようものなら、その一言ですべてが終わってしまう事だって充分にあるのです。どんなタイミングで相手の心が掴めたと分かるのか、そういう機微は実践と経験を積んでいけば自ずと分かるようになります。

まずは「してはいけない事」をきちんと頭に叩き込んでから行動に移していくべきでしょう。

訳が分からない程モテる!!

この項目では、私のモテ自慢話ばかりを連ねる事になりますので、手短にまとめたいと思います。そんな自慢話は読みたくないと思われる方は読み飛ばしていただいても結構です。

私はこれまでおよそ2000人程の女性とお付き合いを重ねてきました。昔は私のために自殺未遂までした女性が何人もいたりしました。もうここ最近は歳を重ねてそういう元気も多少はなくなってきたものの、若い頃は自分で言うのもなんですが、かなりイケイケでした。

飲みに行く時はいつも女性を連れて行きます。クラブなどホステスさんがいるようなお店に飲みに行く時も女性を連れて行きました。女の子に囲まれているのが大好きなのです。たまに一人でクラブに飲みに行くと、馴染みのホステスさんがそっと身を寄せてきて私の膝に手を置きます。

「黙っていれば分からないから」

などとホステスさんからホテルに誘われる事は数えきれない程ありました。

外で知り合いを待っているとかわいい子が近寄ってきて「待ち人が来ないので、付き合ってくれませんか?」と逆ナンパをされた事もあります。顔立ちも整っていてスタイルも良く私好みの女性です。知り合いをほったらかして誘われるままに付いて行ってしまったり……。美人局《つつもたせ》ではなくて本当によかったです。下半身が赴くままに動いているような時期でした。

ご飯を食べに行っても、割烹のおばちゃんが仕事の話があると言って耳打ちをしてきます。

「上場会社の未亡人紹介するから、60歳以上の未亡人ホストクラブ作ってよ。アンタがホストになってやればできるわよ」などと言われたり。

30代の頃は一番イケイケな時期でした。家の前に出てタイプの女の子が歩いているのを見かけると、その10分後にはベッドインしていたなんて事もありました。もちろん襲ったのではないですよ。

付き合い始めたのが、1週間で20人以上、という時も。そんな節操のない行動力のおかげで30代で1000人斬りを果たす事ができました。

私の女性遍歴の中には、ジンクスがあります。たとえば、彼女と一緒に香港旅行に行くとその後必ず別れてしまったり。同棲を始めると別れの始まり、結婚話になると別れてしまったり。結婚しようかと話が持ち上がると、必ず「私と仕事、どっちを取るの?」と切り出され、私が仕事優先になるなら結婚しないと言って、去って行った女性の数だけで一つの店を開けそうな程です。

自分でもどうかしてるな、フェロモンが出まくってるなと思うほどモテた30代でした。

それから5年ほど経ってから未亡人クラブを作ってくれと言っていた割烹料理屋さんに久しぶりに行きました。例のおばちゃんは健在でしたが、私の顔を見るなり、

「アンタも昔は男前やったのになあ」

と、ため息をつかれてしまいました。

モテにモテた頃から時間も随分と経ち、私は廃ってしまったようです……。昔は付き合った何人もの女性から「アンタと別れるんだったら、死んでやる!」と言われ、余裕綽々《しゃくしゃく》の私は返す刀で「僕のいないところでお願いね」なんて言って泣かせていたものですが……歳を取るのは嫌なものです。

伝説のトップマネージャー

これまで数多くの女性とお付き合いをしてきましたが、誰にでもあるように、私にもいつまで経っても忘れられない相手というのがあるものです。その相手の面影、笑っている顔や笑った時の声、時には言い争いをした時の苦い記憶まで含めてずっと記憶の中にいるような相手――私の記憶の中にもその存在がしっかりと色濃く残っている女性がいます。

彼女は伝説のトップマネージャーでした。

大阪から東京に進出する時に、一緒に上京してきた女性でもありました。大阪時代は、外でチラシを撒いていると、通りがかりの男性から「君のお店に行きたいんだ」と声をかけられた経験があるような女性です。彼女がチラシを渡してお店はあっちだからと指差すだけで、男性はまるで魔法にかけられたようにその指先の向こうに在るお店に先に一人で来てくれるような事もありました。

また別の日は、チラシを撒いていると知らない男性から声をかけられて、シャネルのバッグを買っていただいてお店に戻ってきた事もありました。その話を聞いた私はバッグを見て、多少のヤキモチもあったかも知れませんが、あまりセンスがよくないバッグだなと思いました。

「そのバッグ、ちょっとダサいやん」

彼女は、そうかなあ？　なんて言っていましたが次の日にはバッグを売り払って、そのお金を持って海外に遊びに行ってしまうようなツワモノでした。

ある時には、同伴してお客様とお店にやって来ると、もう二人ともへべれけ状態になっていました。聞くところによると、同伴のお食事の代金20万円をお客様に出してもらって、ちゃんとお店に来たそうです。同伴の食事でそれだけのお金を出してもらうのは聞いた事がありません。その後、お客様を盛り上げてボトルを入れては40万円ほど使ってもらう事があったり、お客様から180万円もするカルティエのネックレスをいただいたり。

東京に来てからは、1年でムートンを300本も開けた記録はまだ誰にも破られていません。その子がお店を辞めた後でも他のクラブの黒服たちが「あの子はいまどうしてるんですか？」と聞きにくる程でした。お客様からだけでなく、一緒に働いていたスタッフからも愛されるような、そんな数々の伝説を残した女性でした。

そんなすごい彼女ですが、目を惹くような美人でもなければ、特別にかわいいというタイプでもなく、見た目はごく普通の女の子でした。

彼女の魅力は天真爛漫な素直さと、なんと言ってもその行動力でした。付き合っていた私が勧めた事はすぐに何でも行動に起こします。クルージングができる小型船舶があればいいなと言うと、すぐに免許を取りに行って1級まで取ってしまいました。自分磨きのためにモデルもしてみれば？　と勧めてみると、そういう芸能事には興味を持っていなかったのですが、すぐにオーディションを受けてモデル事務所に合格。お店を辞めた後も通信社で働きたいと言って面接に出かけると、翌日からはもう働いていました。とにかく行動力がものすごく、いろいろな面接を受けて一度も落ちた事がないと言っていました。

彼女とは大学生の頃に知り合い、卒業すると夜の世界に入ってきました。学生の頃は普通の女性でしたが、私がいろいろな価値観を教え込むと原石はどんどんと磨かれていき、いろいろなお金持ちの方が近づいてきては競うようにして超高級店などに連れていくようになりました。そういうお店に行くようになるとそれ相応のマナーを身に付けて、益々磨きがかかり、男性は皆夢中になっていきました。

そんな彼女とは長い間交際をしていましたが、彼女は一度も誰かの悪口を言いませんでした。愚痴ばかり吐いてしまう私などは、本当にすごいなと尊敬したものです。

北新地から銀座にやって来た当初はお客様も入らず、ライブドア株の損失が大きかった私にはお金がありませんでした。そんな時、彼女は新橋の消費者金融でキャッシングしたお金を貸してくれました。彼女がキャッシングしているビルの前で佇んで待っている私は情けない気持ちでいっぱいでした。

それからしばらくしてお店も繁盛するようになりましたが、東京にやってきた当初の苦しい時期を支えてくれて東京で数々のお店を出す事ができたのは、彼女のお陰だと思っています。

彼女とは6年半程交際をしていました。向こうっ気の強い女性だったので喧嘩をした事も数多く、離れたりくっついたりを繰り返していました。一度別れた女性とは二度と会わないのがポリシーの私がよりを戻したのは彼女一人しかいませんでした。

こんな事がありました。ハワイ旅行に行く際、彼女が私のパスポートを手に取りました。そこには彼女には内緒で他の女性と行った韓国の出入国スタンプが押されてあったのです。彼女は烈火の如く怒り、私の宥《なだ》めにも耳を貸さず、ハワイに着いてすぐに空港からそのまま帰りの飛行機を探しはじめたのです。

なんとか宥め賺《すか》して荷物を置きにホテルに行こうと言いましたが、不貞腐《ふてくさ》れるので、私は先にホテルにチェックインをしました。彼女もどこにも行く所がなく、しばらく経ってから渋々ホテルにやってきました。

またある時は、またしても私の浮気騒動で怒った彼女はフランスに行くとだけ言い残して出て行きました。その間連絡を取ろうにも音信不通が続いた時は私も胸が苦しかった。連絡もつかないまま悶々とした日々を送っているところに一通のメールが送られてきました。フランスのシャンゼリゼのカフェで待ち合わせをしようというメールでした。私はすぐに返事をしてフランスに向かった事もあります。

仕事場が同じですから、仕事で喧嘩になった事もあります。冬の寒い日でした。私も怒っていたので、店を出てからはあちこちヤケ酒を飲みに出歩いていました。夜遅くに自宅マンションの前まで帰ってくると、マンションの前で寒そうに蹲《うずくま》っている彼女の姿がありました。

交際をしている間、洋服に3000万円、飲食や旅行を含めると1億円に届く程のお金を使ったかも知れません。

そんな彼女も別れた後は大阪に帰って、関西では有名なメーカーの社長さんと結婚したそうです。ある時に関西に住む姉からメールが送られてきました。最近うちのお墓に行ったらお花が変わっていたが墓参りに行ってくれたのか？　という内容でした。同じような連絡を前にももらっていました。きっと彼女が行ってくれたんだとすぐにピンときました。

おそらく別れた後でも彼女がお墓参りをしてくれたのでしょう。それを聞いた時に、そんな情の深い女性と付き合う事ができた私は幸せ者だと思いました。

世間は狭い、そして怖い！

いつ頃だったか、お世話になっていた日本アセットマーケティングの創業者であるIさんに病院を紹介していただいた事があります。そのお礼にと芦屋の有名な竹園のお肉を送ろうと思いました。が、Iさんの住所が分かりませんでした。会社のホームページを見ればいいのだと思ってホームページを見ていますと、なにやら見覚えのある弁護士Nさんのお名前がありました。そのお名前を見て、昔の記憶が蘇ったのです。

その昔、北新地でラウンジをしていた頃です。求人募集で東京から一人の女の子がうちの店で働きたいとやって来ました。話をしていても明朗で頭が切れる感じのする子でしたが、どことなく胡散《うさん》臭い感じもしていました。

採用するや否や、女の子はこんな事を言い出しました。

こっちに来るために持って来た荷物の中に入っていた封筒を盗まれてしまった。その中には80万円入っていてそれが全財産であると。その日泊まる所もなくお金もないので日払いでくださいと言ってきたのです。私を含めスタッフ一同で同情し、警察に届け出た方がええよと大騒ぎになりました。

それから彼女は数ヶ月程うちのラウンジで働くと辞めてしまい、新地の他の高級クラブで働くようになりました。そこでお金持ちのパパを見つけたようで、豪華なマンションにお引っ越し。それだけならいいのですが、うちの店の女の子を引き抜いていたりもしたというのは後から知りました。

大阪にやって来て困っているからと最初にいろいろと世話をしてあげたのにもかかわらず、恩を仇で返すような仕打ちに私は怒り心頭でした。

そんな時にNさんとその女の子が一緒にうちのお店に来られました。Nさんは以前からうちのお店にいらしてくれたお客様ではありましたが、その子にうちのお店の敷居を二度と跨《また》がす訳にはいきません。Nさんと一緒なら大丈夫と思ってきたのかと思うと、余計に腹立たしく感じるものがありました。

彼女は出禁だと入店をお断りしてNさんを怒らしてしまい、それから二度とお店には来られなくなってしまいました。もちろんNさん自身はとても好感の持てる方でしたし、本当に悔やまれる出来事として記憶に残っていたのです。

そんなNさんがまさか東京に来てからも接点が持てそうなどとは夢にも思っておらず、もし銀座に来られる機会があれば是非お目にかかりたいと思うと同時に、世間というのは本当に狭いものだなと感じました。

またある時は、大阪でお世話になっていた某社長さんには、新店舗を出す際にテナントを紹介してもらったりして、そのお礼にうちの店長たちと一緒に西宮の社長宅に行きました。話では聞いていましたが、社長さんのお家は私が今まで見てきた中でも最上級の大邸宅。家の敷地が甲子園球場よりも広く、庭でゴルフもできますし、プールも学校のプールくらいあります。犬小屋でさえ四畳半はあるというスケールの大きさでした。

なによりも驚かされたのは、敷地内に小さな山があり、そこを掘って作った洞窟のワインセラーがあったのです。15メートルほど奥まで広がっている洞窟の中にはロマネコンティやDRCなどがごろごろと転がっていて、その数はざっと見ても40〜50本程あったのです。

洞窟に転がっているワインを私や店長たちが一本一本拾い上げては感心していると、持って帰ってもいいと20本程もいただく事ができたのです。こんなお金持ちが本当にいるのだと腰を抜かしたものでした。

水商売といえば、その筋の人

神戸や大阪、銀座なんかでお店を出すと、やはりその筋の人とも関係があるんじゃない？

とよく聞かれるものです。たしかに実際にそういう方から「会社（事務所）に挨拶に来いよ」とか「店を潰すぞ」と脅された経験は何度かあります。

しかし特に挨拶にも行きませんでしたし、結果的にはどの店も潰されずにやってこられました。

そうなると今度は向こうからお店に来てくれます。そしてお客さんとして飲んでいただき、楽しんでもらったりして、それで終わりです。そういう方とお店の外でバッタリ会ったりしても「この前、店に行ったけど、飲み代はちゃんと払ったからな」と声をかけてくれます。

向こうの方も下手な事をするとすぐに警察へ引っ張られてしまうので、いまの時代は昔に比べると穏やかになったとつくづく思います。

昔、まだ昭和の頃は飲み屋も荒れているお店が多い時代でもありました。

私が関西でお店を出していた30年前くらいは、お店の中でお客さん同士の目が合っただけでビール瓶が店の端から端まで飛んでいました。もちろんビール瓶は壁に当たって割れてしまいますし、止めに入るので精一杯です。

女の子たちも男性に負けじと気が強い子が多くいたものです。ある時、ホステスと男性が口喧嘩になりました。男性は威勢よく啖呵《たんか》を切ります。

「殴るんだったら、殴ってみろよ」

次の瞬間、ホステスは平手打ちではなくビール瓶で男性の頭を殴っていました。

昔はそんな環境でお店をやっていました。いまの従業員の若い子たちに言うと「信じられない」「頭がオカシイ」と言われます。

日常茶飯事とまではいいませんが、似たような事は他にいくらでもありましたし、いちいち警察を呼んでなんていう面倒な事も、逆にいまよりも少なかったような気がします。

それに瓶で殴られるのはまだましな方でした。

神戸でお店を出していた時は、若いチンピラから役職付きの方まで周りにそういう筋の方が多くいました。

当時は、ドラム缶にセメント詰めで遺棄される、なんていう物騒な事件も多くありましたし、怖い時代でした。当時、携帯電話もないのでそういう方が喫茶店などに入ると、まずウエイターに声をかけます。

「ワシは○○っちゅうモンやが、ワシ宛てに電話がかかってきたらちゃんと取り次げよ」

普通の喫茶店の店員が極道の電話の取り次ぎに巻き込まれるという甚《はなは》だ厄介な時代でした。

西宮時代、うちのお店によく来てくださっていたお客様が飲みに行こうと誘ってくれました。付いていくと、なにやらうちのお店とは雰囲気が違います。特別な形態をしているとか、変わったお店だとかそういう分かりやすいものではないのですが、明らかに店内の雰囲気が違っていました。この違和感は一体何から来るのだろうと思いながら、細かい内装や調度品が違うのかなと店の中を眺め回していました。

すると、壁にはいくつかの黒い穴が開いています。あれは一体なんだろう？　連れて来てくれたお客様に壁を指差しながら尋ねると「ピストルで撃った痕やがな」とあっさりと言われました。

話を聞くと、この飲み屋はその筋の方同士が飲みに来られるようなお店で、喧嘩になる事もザラにあるそうです。殴り合いの喧嘩ならまだしも、お酒が入りその筋の人の頭に血がのぼってしまうと、武器が飛び出す事もあるそうです。しかし、そこには厳然とした掟があるようで、もしピストルを出してしまった場合は、必ず発砲しなくてはいけないというルールがあったようです。

いや、脅すためというか銃口を相手に向けるだけと違うの？　と思いましたが、出したら必ず撃たなくてはいけないという、一般人には理解しがたい恐ろしい極道のルールがあったようです。

しかし、そう簡単に相手を撃つ訳にもいかないので（当然ですが）、天井や壁に向けて威嚇発砲をしていた痕との事。まるで西部劇の酒場のようなお店でした。

またある時は、その筋の方の会社（事務所）にも連れて行っていただいた事もあります。

部屋の壁には、当時の総理大臣とその方と二人で写った写真が額縁に飾られていたのを覚えています。これはすごいものだなと感心せずにはいられませんでした。

そういう方とどう付き合えばいいのかなんて誰も教えてくれる人はいませんでしたし、いろんなその筋の方を見ながら付き合い方を覚え、先を読んで行動をするように努力したものです。

ホテル阪急インターナショナルで学ばせてもらった

当時のホテル阪急インターナショナルではいろいろな事を学びました。バブルの頃、ホテルのスタッフが玄関までＶＩＰの宿泊客をお迎えに来ているのを何度も見かけました。そんな光景を見て、私もいつかそんなふうに出迎えてもらえる時が来るのかなと考えていた頃がありました。そして今はホテルに行く前に連絡を入れておくと、玄関まで出迎えに来てくれます。

2階にある鉄板焼き屋の「ちゃやまち」と25階のフレンチ「マルメゾン」にはよく食べに行かせていただきました。「マルメゾン」で食べた後に、鉄板焼きの「ちゃやまち」に行く事もありました。鉄板焼きで料理はお任せでと言うと、伊勢エビとあわびを目の前の鉄板で焼いてくれます。そう、私がここに来る前に25階の「マルメゾン」で何を食べていたのかという報告がきちんと共有されているのです。

またハウステンボスのフレンチでは、「いつも行くお店は?」と聞かれたので、「マルメゾンです」と答えたら、「マルメゾンのソムリエは植岡さんですね」と言い、私の知らないところで植岡さんに連絡をして、私の好きなワインを聞いて出してくれました。

これは私のグループでも、他店でどんなワインを飲まれたのか等きちんと情報伝達を徹底するようにしようと心に留めた事の一つでもあります。

大阪でやっているサービスを東京でもやれば確実に当たります。

いま、鉄板焼きに来ているよと連絡すると、気軽に顔を出しに来てくれる「マルメゾン」のソムリエ植岡さんからは名言もいただきました。

「大阪の飲食店は、お客さんがすごい。ものすごい理不尽な事を言うてくる時がある。そんな理不尽と戦える接客を身に付けたからこそ強くなれた」

たしかに飲食店、特にお酒をメインで出す私のグループでは多種多様なお客様がいらっしゃいます。いいお客様もいれば、なにかと難癖を付けてくるような厄介なお客様もいます。

「そんなにイチャモンを付けるなら来なくていいよ!」と言いたいところですが、客商売というのはなかなかそれが言えないものです。しかし、そこは私も大阪で散々鍛えられた身ですから、東京に来ても対応する術を身に付けて上手くやり過ごす事もできます。

関西にはいいホテルはいくつもあると思いますが、私はこのホテル阪急インターナショナルが群を抜いていい接客サービスがあり、いろいろと勉強させていただく事ができたと思っているのです。

他にも、お手本にしたいと思っていたお店がありました。大昔、大阪に「泥棒貴族」というお店がありました。ここの社長は大阪レジャー開発という会社を運営していて、45坪ほどのお店で月2000万円を売り上げていたのです。そこの大渕社長が厨房に入って洗い物をしている姿を見て感心して以来、大阪での水商売を始める際にお手本としていました。大渕社長というのは、ディスコで有名な「マハラジャ」の第一号店を大阪で出店し、麻布十番に「マハラジャ東京」を出して一世を風靡した社長でもあります。

私は大阪時代にホテル阪急インターナショナルと「泥棒貴族」から感銘を受けて勉強させてもらったと思って感謝しているのです。

とにかくやってみる！

私は高校一年生で中退をしたので最終学歴は中卒という事になります。勉強はからっきしな私ですが、これまで何十店舗のお店をオープンしてきましたし、当然ながら仕事に関わる金勘定はしっかりやれます。思い返してみれば、どこかの会社に入って毎月のお給料をもらうという経験がありません。若い頃は現在よりも学歴偏重の風潮が強い時代でした。高校中退では箸にも棒にもかかりません。

しかし、私は性格的に人に使われるのが嫌いです。その点、自営業なら上司から偉そうにされる事もなければ、イヤになればいつでも好きな時に辞める事ができる、と若い頃から思っていました。

そうやって長い間経営者としてやってきた経験があるので、私の店から独立したい若い子や、自営業をしている人から経営にまつわる相談を受ける事もあります。そんな時は小難しい助言をするよりも、「まずはやってみればいいんじゃないか」と言うようにしています。

私は若い頃から、常にいろんな事に興味を示す人間でした。そして何にでも手を出してみないと気が済まない性格でもありました。何でも自分の手でやってみないと善し悪しも分かりません。お店を出して失敗するのが怖いから躊躇《ちゅうちょ》してしまうという人もいますが、まずはやってみればと思います。

跳ぶのを怖がっていては、いつまでたってもその場から動けなくなってしまいます。失敗を恐れて動かないでいると、何も起こらないのです。

誰でも失敗はしたくないものですが、成功するか失敗するかは実際にお店を開いてみないと分かりません。私もこれまで新しいお店を出す度に、失敗するぞと周りから言われたりしましたが、それを跳ね返すようにして切り盛りしてきました。

何事もやってみるからこそ、見聞きした知識だけでなく得難い経験を獲得する事ができるのです。

成功を望みながらも、何もしないで指を咥《くわ》えているだけという人は大勢います。たった一度の人生なのだから、やらないで後悔するよりもやって後悔した方がいいと思います。もし仮に失敗したとしても、その経験は何もしないでいた人よりも間違いなく充実したものになっているのです。

私の経験した事でしか言えませんが、10店舗出して9店舗失敗しても、成功した1店舗のやり方で10店舗出せばいいのです。

閑古鳥が鳴いているお店なんかを見かけると、明らかに失敗しているのにもかかわらず方向性を何も変えていない場合が多いものです。そんなお店を見かける度に「私だったらこうするのに」と考えてしまいます。これは失敗したなと思ったら、直ぐに方向を変えて違うアプローチをすればいいのです。

私が銀座に来てから、大阪のとある会社と、後に出てくる並木通りにお店を出す件で商談が持ち上がりました。私はその商談をすぐにまとめたくなりました。これから連絡を取り合い、なんやかんやと話をゆっくりと進める事を考えると、居ても立ってもいられなくなりました。私はその日のうちに新幹線に飛び乗り大阪に出向き、先方の会社に行って話をまとめるのに成功した事があります。先方もまさか東京からすぐにやって来るとは思っていなかったようで驚いていました。

思ったらすぐに行動に起こす事。これが成功の秘訣だからこそ上手くいったのだと思います。

わざわざ大阪まで行って駄目だったら無駄足になってしまう、などとは一切考えません。大阪に向かっている新幹線の中で作戦を練る時間はありました。

失敗を恐れるよりも、自分なら出来る、自分に負けないぞという気持ちで常日頃からいるようにしています。

そしてやる事をやったら、あとはもうなるようにしかならない、という気持ちです。

失敗したとしてもそれでいいのです。後からやっておいた方がよかったと後悔する事に比べれば、失敗なんて小さいものです。失敗するよりも後悔する事の方が取り返しがつかないものです。「やらなくて後悔するより、やって後悔するほうがいい」という言葉がありますが、正にその通りなのです。

もし仮に転んだとしても、金棒を摑んで起きてやるというくらいの気概も忘れてはいません。転んでもただでは起きないぞと。

潰れたとしても、それ以上大きくなってやる、騙されたとしても、それ以上に大きくなってやる。そんな気概が大切です。

そして死ぬほど全力で仕事に取り組む。ちょっと気に入らない事があったからといってすぐに転職してしまうような時代かも知れませんが、私はそうは思いません。自分に合ってる仕事なんてありません。自分から仕事に合わせていかなくては。

面倒くさがらず、なんでもとにかくやってみる。そうやってチャレンジした者にだけ成功という報酬が与えられるのです。

北新地での衰退

大阪時代の事です。

バブル期は終焉を迎えてはいましたが、私は北新地で次々に店をオープンさせました。同時に開いていたお店は最多で8店舗、採算の合わないお店はすぐに閉めて、また次のお店を出す。そんな事を繰り返して計18店舗のお店を経営しました。

憧れだった大阪北新地でいくつもの店舗のオーナーとなった事に一種の達成感を覚えました。思えば、18歳の時に親にスナックを出してもらったところから始まったのです。その頃は親の力を借りていましたが、いまは違います。自分の力でここまできたんだぞと。もちろん、その都度いろんな方から支えていただきましたし、その時々の女性たちには感謝をしています。そして達成感を覚えた後に考えたのです。

「俺は父親を超える事ができたのだろうか？」

最初に記しましたように親も商売をやっていました。時代こそ違いますが、父親の商売をいまに置き換えてみると関西に大きな自社ビルを持っているようなものです。大阪の一等地で何店舗もお店を展開してる私ですが、自社ビルはありませんでした。やはり私はまだ父親を超える事はできないのかと。

「商売は死に病や」

母親が昔そんな事を言っていました。商売を始めてしまうと安心する時などない。死ぬまでずっと心配を抱えながら生きていく病気と同じだと。

大阪時代には、もう親は他界していました。親が亡くなると、「もう私の事をかばってくれたり、頼りにできる人がいなくなった」と、人一倍親の愛情を受けて育ったという感謝の気持ちも持っていた分だけ、淋しさも一入《ひとしお》でした。もう子供である自分を無条件に守ってくれる親はいません。そう思うと、そこからようやく一人前の大人になる気構えができたような気がしました。

北新地でお店を展開していくと、従業員も多く雇わなくてはいけません。よそのお店で優秀だなと目を付けた人物がいれば声をかけてヘッドハンティングした事もありました。そうして声をかけて雇っていた中で、一人の男子がいました。よく働く子だったので私が声をかけて自分の店にスカウトしたのです。

しかし、その男子を雇った事が災いの元となり、店がどんどん潰れていく状況に陥ってしまったのです――。

彼はYという名前でした。仕事はできる男だったのですが、問題はその素行にありました。たとえば、私が気に入っている他の男子スタッフにありもしない話を吹き込むのです。

「あんたの事をオーナーが気に入っていると言うけれど、あんなん嘘やで。ほんまはあんたの事が嫌いで仕方ないらしいで」

そんな陰口を吹き込んでスタッフの不信感を煽り、どんどん他のスタッフを辞めさせていくのです。そんな事が続くと、お店のスタッフ間の雰囲気も悪くなっていくばかりでした。

これではいけないと、Y君にはラウンジから鮨屋で働いてもらうように配置換えをしました。するとこ、今度はその配置換えが面白くなかったのか、店で出している赤出しに腐った魚を入れたりするという、とんでもない事をしでかすのです。

最初は誰も気付かなかったのですが、お客様から赤出しの味がなんかおかしいという苦情が頻繁に入るようになり、調べてみてようやく発覚したのです。

北新地では長い間いろいろなお店をやっていました。その分だけ、問題児的な従業員というのは何人かに一人の割合で出現してくるものです。

なかにはYとは別の人間で、店の売上げを盗むような輩もいました。昼間には店にあった伝票がその日の夜になるときれいサッパリどこかに消えているのです。それも他店にも盗みに入ったという警察からの通報で後から発覚した事で、合鍵を使って誰もいない時を見計っては日々の売上げの8割も盗んでいたのです。

こちらもなくなった伝票を見つけ出して証拠を突きつけました。確たる証拠が目の前にあるのに、彼はシラを切り通します。そして解雇宣告をすると、突然の解雇は契約違反だから3ヶ月分の給料をよこせと言い張ります。盗人猛々しいとは正にこの事だと思わずにはいられません。どの口がそんな事を言うのかと信じられませんでした。

またその男の小狡いところは、そんな悪さをしているくせにお客様に取り入る事だけは上

郵便はがき

料金受取人払郵便

代々木局承認

6948

差出有効期間
2020年11月9日
まで

1518790

203

東京都渋谷区千駄ヶ谷4-9-7

(株)幻冬舎

書籍編集部宛

1518790203

ご住所 〒 都・道 府・県	
	フリガナ お名前
メール	

インターネットでも回答を受け付けております
http://www.gentosha.co.jp/e/

裏面のご感想を広告等、書籍のPRに使わせていただく場合がございます。

幻冬舎より、著者に関する新しいお知らせ・小社および関連会社、広告主からのご案内を送付することがあります。不要の場合は右の欄にレ印をご記入ください。

不要 □

本書をお買い上げいただき、誠にありがとうございました。
質問にお答えいただけたら幸いです。

◎ご購入いただいた本のタイトルをご記入ください。

『　　　　　　　　　　　　　　　　　　　　　　　　　　　　　』

★著者へのメッセージ、または本書のご感想をお書きください。

●本書をお求めになった動機は？

①著者が好きだから　②タイトルにひかれて　③テーマにひかれて
④カバーにひかれて　⑤帯のコピーにひかれて　⑥新聞で見て
⑦インターネットで知って　⑧売れてるから／話題だから
⑨役に立ちそうだから

生年月日　西暦　　年　　月　　日（　　歳）男・女				
ご職業	①学生	②教員・研究職	③公務員	④農林漁業
	⑤専門・技術職	⑥自由業	⑦自営業	⑧会社役員
	⑨会社員	⑩専業主夫・主婦	⑪パート・アルバイト	
	⑫無職	⑬その他（　　　　）		

このハガキは差出有効期間を過ぎても料金受取人払でお送りいただけます。

ご記入いただきました個人情報については、許可なく他の目的で使用することはありません。ご協力ありがとうございました。

手くやっていたようで、私のある事ない事を吹聴していたようでした。私が3ヶ月の給料などやれるはずもないと言うと、お客様などを巻き込んで、私が悪者扱いされてしまう羽目に陥ってしまいました。

これはもう私の人を見る目がなかったのだと猛省しました。その人間がどんな性分なのかを見抜けず引っ張ってきた私自身の責任なのだと痛感したのです。

ライブドア・ショック後立ち直れず、惨めな気持ちに

株に手を出していた時期もありました。調子がいい時などは20日で3000万円も儲かり、これはすごいものだと感心していました。しかし、株だけやっていても儲かり続ける訳がないと思ったので、早く売り抜けてバブルの頃を参考に不動産や土地を買おうと動きました。

というのも、芦屋のカフェなんかでも近所の普通のオバちゃんたちが井戸端会議で株の話をしているのです。オバちゃんたちでも手を出すくらいなのですから、株など持っていると損をする可能性が大きいなと思いました。しかし、いい土地を買う交渉が上手くいかず、結局株を持ったままで、株価が軒並み暴落するライブドア・ショックが起きてしまいました。

追証《おいしょう》（追加証拠金）が発生して株で儲けた6000万円程のお金が2日で消えてしまいま

した。

お店のために残しておいた1000万円も追証に消え、8000万円もの損失を出してしまいました。その補塡のために芦屋のマンションも売り、北新地のワインバー「I WILL」も売り払わなくてはなりませんでした。

危機を察知していながら、土地や不動産選びに時間をかけてしまったり、その交渉が上手く進まなかったりした結果、タッチの差で売り逃げのチャンスを逃してしまったのです。

銀座に来てすぐの頃です。多額の財産を失い、負債まで抱えた私はどん底に落ちたと思いました。そんな時に年下の飲み仲間の経営者たちと三人でクラブに飲みに行きました。他の二人はなんとか難を逃れたようで、私一人だけが損をしてしまっている状態です。いまでも覚えていますが、45万円の伝票がテーブルにきました。いつもなら三人で割ってというところを、私以外の二人で出してくれたのです。あの時の情けない惨めな気持ちは今でもよく覚えています。

築いてきたものが、株で吹き飛んでしまったような気がしました。

株に関しては負けてしまいましたが、負けたままでじっとしている訳にはいきません。次なる一手を打つためになにかしなければならないと考え始めなければなりませんでした。

第五章

銀座進出

まだライブドア・ショック前で株で儲かっていた頃は6000万円程の資産がありました。これだけあれば銀座で勝負もできるのではないかと考え始めるようになりました。東京の知り合いを伝って酒屋さんを紹介してもらい、400万ほどの手付け金を払って小さなマンションを借りました。

当時付き合っていた彼女をそのマンションに先に住まわせて準備を始めた頃、ライブドア・ショックが起きてしまったのです。ライブドア・ショックが起きたのが2006年の1月で、銀座にお店を出したのが2月14日。6000万円があるから銀座で勝負をしようと動き出したのに、動き出した途端にその6000万円が吹き飛んでいってしまった訳です。

「I WILL」の毎月の利益が150万〜160万円程はあったので、そのお金でなんとか銀座にお店を出す事はできましたが、支払い額が月に200万円あるような状態でした。

そんな状態ではもう会社としてやっていくのは難しいので、弁護士からも破産手続きをした方がいいと言われてしまいました。せっかく銀座に勝負に出ようとした矢先に思い切り出鼻を挫《くじ》かれました。それどころか、すべてを失いそうな状況に陥ってしまったのです。

残務整理などを進めていくうちに気持ちはどんどんと落ち込んでいきます。先に銀座に住まわせていた彼女はそんな時でも1ヶ月に80万円もカードで使っていたりして、もうどうしようもなくなっていました。

手続きを進めていくうちに、弁護士から高金利で借りていたところの過払い金が発生しそうだという事が分かり、早速確認してみると、なんと800万円もの過払い金が還付される事になりました。他にも預けていたお金を戻せば150万円程返ってきたりして、ぎりぎりのところで運よく破産もせずに済みそうだとなりました。

大阪でまだ営業しているお店の売上げや過払い金などをかき集めながら、なんとか銀座で店を営業し続けられる状態に持ち直しました。

とはいえ、カツカツの状態に変わりはありません。店をやっているだけですべて相殺されてしまう状態なので、計算すると銀座での人件費などが払えません。そこで彼女にお願いをして、消費者金融のカードを彼女名義で作ってもらいました。前述した「伝説のトップマネージャー」だった彼女です。彼女がアコムやプロミスのATMが入っているビルにキャッシングに行ってる間、そのビルの下で私は待っていました。キャッシングをしたお金を持って彼女がやって来ると、私は涙をこらえながら何回もありがとうありがとう、と感謝を口にする事しかできませんでした。

お客様ゼロの状態で銀座「ジャドール」はスタートしました。売上げもなく彼女には金策に走り回ってもらうような状態でしたが、私はすぐにお店を満員にする自信だけはありました。大阪でもそうやってきた自負があります。

彼女が外に立って呼び込みをすると次から次へとお客様がやって来るようになりました。なんとかお金が回り始めるまでは、毎月彼女にキャッシングしてもらいながら店を切り盛りして、オープンから3ヶ月後には満員にする事ができたのです。

そんな彼女とも「ジャドール」が開店した半年後には別れる事になってしまいました。10倍にしてお金を返す事もできましたが、彼女は私の元から去って行ってしまったのです。

彼女が店を辞めてしまうと、店も危うくなってしまうのかと心配しましたが、他のスタッフたちを一生懸命に育ててなんとか営業を続けられました。その頃に来ていただいたお客様とは、いまでもまだお付き合いをさせていただいています。

その中でも特に印象に残っているのはTさん。数年間で３０００万円ほど使ってくださいました。

「このお店は私の飲み代で出来たんだ」

と新人スタッフに教えてくれたりもしました。

またその頃によく行っていたお店も忘れられません。

私が初めて銀座にお店をオープンしたのは2月14日のバレンタインデーでした。ある時、雑誌を読んでいたら、同じ年同じ日にオープンした「Bar la Hulotte」があると知りました。元麻布にあるそのお店に行ってみると、マスターの人柄や店舗の内装、雰囲気、カクテルに至るまで一流で、すっかりはまってしまったのです。

そんなふうに私の銀座での人生が始まりました。

私にとって新しいお店作りは楽しくない

私は幾つもお店を出してきたので、周りの人からはよっぽど新しいお店を出すのが好きなんだろうと言われる事が多いものです。もちろんこの仕事は好きだからこそ続けていますが、新しいお店を出す時は不安だらけなのは当然の事です。

内装や外装の工事も済んで、什器等の仕入れなどもしてお店のオープンが近づくと、神経が昂ぶってきます。飲食店というのは、お客様が入って活気があってこそ楽しいものです。お店が満員になった時に、はじめてお店作りは楽しいと思えるのです。オープン前には、果たしてこのお店は満員になってくれるのだろうか、そんな日は訪れてくれるのだろうか？そんな不安な気持ちを抱きつつ、心の中で燃えてくるものがあるのも事実です。後がないからこそ、追い詰められた自分が火事場のバカ力を出せる事を知っています。

すぐにお店を満員にする事ができる自信と、満員になるのだろうかという気持ちは表裏一体です。

たとえば、なんの縁もゆかりもない土地でお店を始める事になっても、3ヶ月で満員にする自信はあります。私がそうするのではありません。うちのお店で働くスタッフがそうしてくれるのです。私はスタッフを3ヶ月で教育する事ができるという自信があるのです。

私が考えた通りにスタッフが動き、お店が忙しくなり、計画通りにすべてが動いている状態が一番の快感です。その快感を得られるまで、私はそこに到達できるように自分を虐《いじ》めて精進するのです。

東京で続々と出店

「銀座の並木通りでお店やってみない？」

大阪の知り合いのバーからの紹介で出店の話が舞い込んできました。私はそんな話を聞かされてもその権利を転売して５００万円くらい儲けようという程度にしか考えていませんでした。

そもそも、このお話をしてくださった社長さんとの馴れ初めから簡単に説明しなければいけません。大阪にいた当時、私がよく通っていたバーがありました。そのバーは大阪では「赤い人」で有名だった浜崎健が南船場でやっていたお店で、そこで名刺交換をしたのが、社長さんの娘さんだったのです。それでお話があったのかも知れません。

社長さんとお会いしてお話を伺い、私はお金もなくてとても無理だから、心当たりのある誰かをご紹介しますよと言うと、相手の社長さんも生粋のなにわの商人、即断即決の人ですから人の紹介を待つよりも「君がやってみないか？」と言いました。

誰かに紹介するものだと思っていた話がまさか自分に。よくよくお話を伺ってみると、保証金０円、内装費も０円で構わないとの事。つまり初期投資０円で、銀座の並木通りに店舗を構える事ができるという、日本で水商売をする者ならば垂涎《すいぜん》モノのお話です。しかも新築の、通常ならば4ヶ月待ちのテナントです。それより以前の銀座では審査が厳しくて出店はなかなか難しいと聞いていましたが、その頃は審査が緩くなっているのでチャンスだったのです。

このチャンスをみすみす逃す訳もなく、ありがたくお話を頂戴しました。先方も私に貸すのは勇気が要った事だと思います。それから私は新しい出店のための準備に取り掛かりました。

まずは酒屋さんにすべてグラスをプレゼントしていただき、シャンパンメーカーには200万円の協賛金をもらいました。それをひとまずの新店舗での運転資金としたのです。

私が普段からお金をばら撒いて、いろんな事を即実行に移してきたからこそ、銀座のど真ん中で0円でお店を出せるという信じられない話が舞い込んできたのだと確信したのです。塞翁が馬とはこの事かと感じずにはいられませんでした。

外でチラシを撒く事さえご法度だった銀座でしたが、寒い中交差点に立ってチラシを撒きました。他の店の黒服からは「銀座でチラシを撒くな」と罵声を浴びせられたりもしました。しかしこちらも必死です。北新地の時からそうやってきたものを変える事はありません。

次第にスタッフ一人一人がお客様を摑んでいけるようにもなりました。スタッフたちも人情味のある子たちが揃っていました。取引のあった酒造メーカーの重役の方が毎月80万円も使ってくれたり、クラブのオーナーさんが頻繁に来てくれるようになったり、いろんな方とお客様という関係を超えてお付き合いさせていただき、助けてくださるようになっていきました。

それから4年程の間に、銀座以外にもワインバー、ガールズバー、カフェなどを展開していく事に成功し、計8店舗を出す事ができました。中にはシャンパンのベルエポックの売上げ本数が銀座で一番のお店も出るようになりました。銀座で一番という事は、日本で一番売り上げたという事です。大阪の店で最後まで持っていた北新地のワインバー「I WILL」も売却して大阪のお店はすべて処分し、拠点は完全に銀座に移り変わったのです。

上手くいかないお店

長年多くのお店を経営してきました。もちろん上手くいったお店が多いのですが、中には上手くいかなかったお店も幾つかあります。出すお店すべてが上手くいくとはいかないものです。

新しい店をオープンする際には外装内装を業者に発注します。工事もほぼ終盤になり様子を見に行くと、愕然とする事があります。こちらの注文とはまるでかけ離れた外装になっているのです。赤を基調としたオシャレなバーの外観で発注をしたハズなのに、できているのはどこからどう見ても和風の日本料理屋のような外観です。一体何をどう解釈すればこんな事になってしまうのか。私は工事担当者のオジさんに尋ねました。

「これは一体……どういう事なんですか？」

「いや〜、いいでしょコレ！　綺麗に仕上がってるよね〜。我ながらいい仕事だよこれは」

たしかに日本料理屋さんとしてはオシャレな感じで仕上がっているのかも知れません。しかし私が発注したのはオシャレなバーの外装です。お店の名前を「エノテーク」にしようと思っているのに、オジさんは発注とはおよそかけ離れた店舗をむしろ誇らしげに自画自賛しています。一片の曇りもないあまりに堂々とした様子を見ていると、文句を言えない空気になり、担当の不動産屋に一体どうなっているんだと尋ねました。

「そうなんですよ、全然予定と違うじゃないですかって言おうとしたんですけど、あまりにも自慢げにされるんで何も言えなかったんですよ……」

発注したのとはまるで違うものを作って誇らしげにする工事のオジさんに誰も何も言えなくなってしまう、という異常事態。何をどう勘違いしてそうなってしまったのか。私にワインバーではなく日本料理屋をやれという工事のオジさんからのメッセージなんでしょうか。

もうまるで訳が分かりません。

お店作りというのは、なかなか思ったようにはいかない事も多々あります。それは外観のみならず、営業形態の方でもありました。

カフェバーの売上げが思ったように伸びず、500円のチャージをいただくように設定しました。するとお客様から苦情がきたというのです。スタッフからもやはりチャージを取らずに営業をしたいと言ってきました。

500円アップしただけでお客様が来なくなるという事は、働く君たちに500円の価値もないという事になるのではないかと思い、銀座では5000円をどうするかで悩むのに500円でお客様を取り逃がしてしまうのは考えられないと伝えました。

スタッフの時給が1200円だとして、テナント料や材料費などを考えると一人のお客様に4000円使っていただいて成り立つ事になります。800円のカクテルだけでは1200円の時給も成り立たなくなってしまいます。

その昔は大阪の豊中や北新地の飲み屋で3万~5万円のチャージをいただいていたのです。それでもお客様がやって来て満員になっていた事を考えると、500円のチャージでお客様が来なくなるというのは私の中では考えられない事なのです。もちろん時代も違えば客層も違います。私たちは商売をしているのですから、500円多く料金をいただく分、接客の向上あるのみです。500円分をお客様が納得して来てくださるような働き方をして欲しいのだとスタッフに説明をしました。

シャンパンバー「エノテーク」も大変でした。銀座のど真ん中に28坪程のお店で家賃は120万円。一見さんが月に150人も来てくれるようなお店で繁盛し、店長の誕生日にはお店最高の売上げを達成して順風満帆に思えました。しかし、そこから坂道を転げ落ちていきました。

元スタッフに話を聞いて分かったのですが、店長は自分の誕生日で売上げを上げてからは性格が変わったと言うのです。水商売ではよくある事です。売上げを出して自信を付けてイケイケになっていくというのはどこにでもある話でしょう。

しかし店長は自分のさじ加減で次々とスタッフを辞めさせていくようになりました。店の雰囲気はみるみる内に悪くなっていき、仕事柄お酒も飲んでいるので悪酔いした女性スタッフ同士で殴ったり蹴ったりの応酬が繰り広げられ、椅子が飛んだり、もうハチャメチャ状態に。他の店舗や仕事もあるので常時店に出ていなかった私の耳にも情報が入り店長には何度も注意をしましたが、スタッフはどんどんと減っていって売上げは落ちていくばかりの状態に陥りました。

辞めた子はブログに店長宛の恨みを書き込んでいて、「店長のために頑張って働いたのに裏切られた」「私の人生を返せ」など不穏な文言が飛び交っていたのです。

結局、「エノテーク」を閉める事になり、その時はじめて銀座で失敗したなと感じたのです。どこまでスタッフを信じて任せればいいのか、信じた私が悪いのか、上手く教育できなかった自分を恥じ入る事もしばしばあるのです。

銀座も不景気

新店舗を出す際などに、内装屋のおじさんと話をしているといろんな情報が入ってくるものです。あそこはもうすぐお店を閉めて解体してしまうとか、この後は違うお店の解体の予約が入っているだとかで、どこも営業を辞めて解体になる話をよく聞きました。

「おたくのように新店舗の工事をする事がめっきり減ってしまって、なんかもうイヤになっちゃうね」

内装屋のおじさんはボヤいていました。うちはドンドンと新店舗を出していくからこれからもよろしくお願いしますね、などと私は言いますが、銀座の街の灯りは少しずつ減ってきているのかも知れません。取引のある酒造メーカーの担当者から話を聞いても、新店舗の3

割ほどが3ヶ月で閉店に追い込まれてしまうそうです。

飲食のみならず、10年続く企業が10パーセントに満たないとも言われる世知辛いご時世です。

知り合いの貴金属店の人が言うには、10万円の貴金属が売れなくなったので2万円のモノを出したら売れ出したそうで、おかげで忙しくなったと言っていました。その話の原理で言うと、高級クラブが駄目になって比較的安めで済むスナックやガールズバーが流行ってもおかしくないなと思いました。

そんな不景気の嵐が吹きすさぶ中、銀座に出てきて数年が経ちました。企業では昔のように接待費なども出なくなり、銀座の街も閑散としている時があります。

その昔、北新地で遊んでいる人にお供させていただいた時、大盤振る舞いをされる方がいました。いわゆるハシゴ酒が好きなようで一店に滞在している時間は15分。次の店までの移動に15分。一店移動するごとにそこの女性を一人また一人と連れて行きます。5軒目も超えてくるといろんなお店のホステスがぞろぞろと大移動になります。ホステスたちも途中で抜ける訳にもいかず、みんな付いてきます。次に入ったお店で気に入った子がいて、その子がおかわりをいただけますか？　と言った瞬間にチェック。勝新太郎さんも大勢を引き連れて飲み歩くというのは有名でしたが、とにかく昔は遊び方（飲み方）が豪快だった方が割といらっしゃったものです。そんな頃とは時代が変わってしまったからなのか、銀座に来てからそういう人にお目にかかった事がありません。

サッカーW杯の試合期間中というのもなかなか困ったものです。賑わっているのはスポーツバーくらいで、どこのお店も人が少ないものです。うちのお店とて例外ではありません。W杯がある度に日本チームにはオウンゴールをしてでも早く負けて欲しいと非国民的な事を考えてしまうものです。応援している人には申し訳ないのですが、商売柄仕方がありません……。

こうも不景気が続いていると、銀座でも本来の料金よりかなり値段を下げてやっているお店をチラホラと見聞きします。高い料金ではお客様が来ないので、低く設定して来やすいようにして営業する——それはこんな不景気だから当然の戦略のように思ってしまうのかも知れません。

しかし、私はそういう貧乏くさい戦略が大嫌いです。

どうして値段を下げて商売するのか？　高いからこそその高級な街・大人の街、銀座ではないかと思わずにはいられません。日本で一番の夜の街・銀座に店を出すという矜持をしっかりと持たないと、銀座でお店を出してはいけないと思うのです。

私のお店では、料金を下げるより女の子をたくさん入れて楽しくすれば、その対価は請求できるのだと信じています。料金を下げるという事は、お客様を楽しくさせる事ができないから安くしますと言ってるようなものです。

女の子がいる飲み屋というのは、料金で物を売るのではなく「その人の魅力を売る仕事」です。安い居酒屋さんを求めて銀座に来られる方は少ないはずです。居酒屋さんよりも楽しい時間を過ごしてもらうために高い時給を払って女の子を雇っている訳です。

安くするのは誰にでもできます。安くしてもう一度来ていただこうなんて考えているスタッフは、うちのグループには一人もいません。高くても来ていただく、それが自分の腕次第であり、お店の価値なのです。極端な事を言えば、楽しければ高くても来ていただけますが、安くても面白くないと来ていただけません。

以前までは銀座のクラブに通っていたというお客様がよくいらしてくださいます。お話を伺っていると、昨今の不景気で高級クラブでそうそう遊ぶ事も大変なので、ランクを下げて遊んでいるというのがお客様の考えのようです。案外、そういうお客様は長くうちのお店に来てくださるものです。クラブよりもこちらの方が楽しいと言っていただけます。

入ったばかりの従業員が「そんなに高いお金を使ってまで飲んだりして、かわいそう」と言う事がありますが、そんな事を言ってはお客様に失礼になるよ、と注意します。お客様は「銀座」で遊びたくていらしているのだからと。

その街を明るくするのは、路面店の使命だと思っています。路面店だからお客さんもたくさん入るでしょうとよく言われますが、そんな事はありません。努力を惜しまず外装や内装もお客様の気を惹くものでなければ、いくら路面店であっても3ヶ月で潰れてしまいます。その街の路面に店を構えるのならば、街を活性化させなくてはいけません。

暗くなっている銀座の灯を消さないように少しでも明るくしてみせようという気持ちで毎夜頑張っているのです。

不景気だから暇なのではない

40年以上客商売をしてきますと、自分の店以外でも反射的に「いま、あのお客様はこうして欲しいと思っているだろうな」という事を考えてしまいます。これはもう職業病なのだと思います。サービス業を長く経験されている方なら同じ事を思うでしょう。

お客様のニーズに直ぐに応えられる接客というのは一番の基本でありながら、最も大事であると考えます。

それは自分がお客様の立場になった時により鮮明に見えてくるものです。

ある日、大手チェーン店のドラッグストアに買い物に行った時の事です。

細々したものをあれこれカゴに入れて、レジで精算をしました。レジスターに表示された金額は1万円を超えました。女性ならいざしらず、男の私がドラッグストアで1万円以上の買い物をするのは自分でも珍しくて思わずレジの女の子に「このお店で1万円超えるのはじめてやわ」と言いました。

するとレジの女の子は、仏頂面で目を合わせる事もなく完全スルーを決め込んで商品を黙々と袋に詰めているだけです。

「話振ってんねんから、『たくさん買っていただいてありがとうございます。これだけたくさんお買い上げになられたんですし、きっとスグに治りますよ』くらい言うてくれよ〜」と言いたいのをグッと飲み込みました。まあそこまで上手な返しができなくてもいいのですが、「お大事にしてくださいね」と笑顔のひとつも見せる事もない接客業というのはいかがなものかと思わざるを得ません。

それはドラッグストアの例に限らず、いろんなお店に行った時に愛想が足りないなあ、と感じるのです。愛想ひとつで、またこのお店を利用しようかと思うものです。仏頂面のお店に行きたくはありません。

なぜそんな接客業の基本にも気が付かないのか？　分かっているけどしないのか？　お客様に購買意欲を持たせない客商売などありえないのです。私がそのお店の支配人なら、そんなやる気のない子には違う職を勧めるでしょう。

レストランで食事をしている時にも同じような事があります。前菜を食べ終えて、メインディッシュを食べている最中にデザートのフルーツが運ばれてきたのです。これにはさすがに頭の中が「?・?・?」になりました。私に無言で帰れと言ってるのかと思わずにはいられませんでした。

洋服にしても、名だたる銀座に店を構える高級ブランドの店員がお馬鹿さんな時もありました。

あらゆるサービス業種の売上げが軒並み下がっているのは、長引く不況のせいだと思い込んでいましたが、実はサービスができない従業員が増えている事が大きな原因でもあるのではないでしょうか。

その原因は、もちろん当人の仕事に対する意識の低さの現れと言えますが、教育・指導する立場の人間の問題であるとも言えます。

私のお店の従業員たちには口を酸っぱくして指導をしています。他のお店のサービスが行き届いていないで閑古鳥が鳴いている時に、私のお店はお客様の痒《かゆ》いところに手が届くようなサービスを実践してお客様に満足していただき、それがお店の繁盛に繋がっていると私は考えているのです。

睡眠は平均4時間（いい環境に自分を持っていく）

私は自分でも単純明快な性格だと思っています。たとえば、テレビで上場企業の社長さんを見てその人の睡眠時間が4時間だと知ると、よし自分も4時間だけしか寝ないようにしようと思います。それからは不思議と平均睡眠時間が4時間でなんとかなるようになりました。仕事柄ワインを扱う訳ですが、ワインと合うとされるブルーチーズがどうにも嫌いでした。あの臭みと苦味がどうしても受けつけませんでした。しかし、ロックフォールがチーズの王様だと聞くと、仕事上そこは避けては通れません。そう思うと途端に食べられるようになるのです。もちろんいきなり美味しいと思ったりはしませんでしたが、食べ続けているうちに癖になるというのか、好きになっていきました。

自分にもできるのだ、自分もそうなりたいと思う気持ちが根底にあると、へんな負けん気とでもいいますか、自分もできるのだとマインドセットが上手くいくのかも知れません。要するに思い込みです。

仕事をする上で思い込みというのはいろんな事に応用が利きます。いろんな仕事をやる事で、いい環境・状況に自分を持っていく事ができます。自分がまず働いてお手本を示す事で人もついてくるようになります。

経営者だからとふんぞり返ったりせず、自分が末端となって働く姿を見せる事。朝早くにおしぼり業者さんや氷屋さんと会ったり、スタッフの汚れたドレスを風呂場で洗濯するのも厭《いと》わずやります。そんな細かい事は誰かに任せればいいのに、とよく言われてきましたが、私がやります。他の経営者さんを見ているとそんな仕事をしている人はまず見かけません。ふんぞり返っている人が多いものです。しかし私は、経営者は皿洗いと同じだと考えています。

そんな雑事を経営者がしてこそお店が儲かるのだと思っています。だから雑事や経営者としての仕事を合わせると5人分くらいの仕事は常にやるように心がけています。DM作りなどの事務作業はもちろん、お客様に呼ばれればお店にも出ます。

経営者となって左団扇《うちわ》で楽をして、海外でのんびりと暮らしていたいのが本音です。楽をしたいと思っていますが、楽をするためにどれだけの努力をしなければいけないのかと考えて、結局一生懸命に働いているのです。

私がそんなふうに雑事を厭わずにするのも、昔仰ぎ見た一人の経営者の姿が強く心に焼き付いているからなのです。

前述したように、大阪に「泥棒貴族」というお店がありました。「泥棒貴族」にはカラオケのステージがあり、８段階くらいの段位が設けられていました。歌を歌って段位が上がればボトルをもらえるというシステムでした。

当時、付き合っていた彼女は非常に歌が上手でした。たしか歌手の八代亜紀がレコード大賞を獲った年だったか、八代亜紀とデュエットできるというチャリティーオークションがあり、私がそれを８万円程で落札して、彼女は八代亜紀と一緒に歌いました。「泥棒貴族」でも最高の段位までいっていて、夜ごと彼女がステージで歌う姿が懐かしい思い出です。

カラオケの合間にショータイムがあり、スタッフや部長や社長までもがステージに立ってモノマネを披露していました。しかもそのクオリティがものすごく高くてモノマネ四天王以上ではないかという程にハイレベルなモノマネが繰り広げられお店を盛り上げていました。店の広さは45坪程で、月の売上げが２０００万円もあり北新地時代の私の目標でもあったのです。

その社長が進んで洗い場に入って皿洗いをしていたり掃除をしている姿をよく見かけていたのです。

「泥棒貴族」の社長は後に、伝説のディスコと呼ばれたあの「マハラジャ」を作って日本中を騒がせました。「マハラジャ」は最初大阪の丸ビルにできて、当時ドンペリの売上げが日本一になり、店長がドンペリから招待を受けたそうです。その店長は「泥棒貴族」ではヒラのウェイターでした。

そんな「泥棒貴族」の面々を見て、経営者たる者の姿を学ばせてもらったのです。

発想の転換が大事、商売はセンスが重要

まだ昭和の頃です。富士通から新型スピーカーが発売されて、私はそれを自分の店用に購入しました。スピーカーの置き場所で音の聴こえ方や臨場感も変わってくる訳ですし、どこに置こうかと思案しました。店内には棚や調度品などがあるのでいい置き場所がありませんでした。空いているスペースといえば空中しかありません。

「天井からぶら下げる感じでスピーカーを付けてみたら？　音を遮断する物もないから、もしかして一番いい場所なのでは？」

部屋の角に吊るす要領でスピーカーを設置してみました。

後日、たまたま富士通にお勤めされている人と雑談になった際に「買ったスピーカーを天井から下げてるんですよ」と何気なく言ったところ、先方はこちらが驚く程ビックリされて、是非見せて欲しいと言います。

店に呼んで実際に見てもらうと、感心されていました。

「鷺岡さん、うちのスピーカーを吊るした人はアナタがはじめてですよ」

それからどこのメーカーからも天井に吊るすパーツが売りに出されるようになったのです。

いまではお店などでは当たり前のように天井からスピーカーを下げていますが、どうやら私が最初にしたようです。詳しい事は私には分からないので、質問等がある人はメーカーの人に聞いてください……。

とまあ、どんなモノでも業態でも子供のような感覚で物事に接してみると、意外な視点や、大人の凝り固まった頭では分からなかった発想の転換というものが存在するのでしょう。

どんな仕事でもちょっとした発想の転換で、流行ったり儲かったりするものです。世間よりも半歩先に行くというのがミソかも知れません。私は昔から「これだ！　思いついた！」と思ってやった事が3歩程先に行き過ぎていたりして、失敗する事も多々ありました。

移動の最中にふと「……これだ！　これをやればグループ全体も相乗効果で忙しくなるぞ！」と名案が思い浮かぶのですが、目的地に着いた頃には忘れてしまっていて、思い出そうとしても寝ている時に見た夢を思い出せないように、どんどん薄れていくばかりで困っています。

私がダイヤルQ2の仕事をしていた頃、こんな記事がありました。

アメリカの学生が1週間部屋にこもったまま、インターネットだけで生活ができるかどうかという実験。当時、それが結構大きな話題になっていたのです。

現在から考えると答えは言わずもがな。昔はインターネットで注文できる商品も限られていましたが、今では買えないものはないに等しいでしょうし、インターネットがなければ生活が成り立たないとまで言われる程に世界が変わってきました。

常識は時代の移り変わりと共に変化していくものです。世界の情勢次第でいくらでも変わってしまうものですから、いち早く取り入れた者勝ちというのは、ＩＴ長者を見れば分かる事です。

私が銀座にやってきた時、銀座の５〜８丁目までの連絡先が載っている電話帳ソフトというのを購入し、すべての人にお店のオープンを知らせるＤＭを送りました。20年前はイエローページの情報を１件１５０円で売っていたりもしたのです。その頃も私は情報を買い集め西宮でＤＭを送りまくっていたのです。ＤＭを持ってお店にいらっしゃったお客様は「あんまりにも葉書がくるから、誰か知ってる人でも働いているのかな」と思って来てくださったようです。

私の商売は完全に自己流です。銀座でチラシを撒いていると黒服に怒鳴られたりもしましたが、いまは黒服もキャッチをするようになっています。

商売はその人のセンスが如実に出ます。スタッフを見ていてもセンスがいいと感じる子がいます。元々生まれ持ったセンスの場合もありますし、いろいろなところで経験を積んできた子もいます。

素直な子の中にはちょっと教えるだけで飛躍的な成長を遂げるスタッフもいます。伸びない子の特徴としては「妬《ねた》みやすい子」「別にそこまで頑張らなくてもと思ってしまう子」「私は別に……と反応が薄い子」という感じです。

ある事を始めようとすると、周りの全員が失敗するから辞めろと言う事がありますが、私は失敗すると言われた方が俄然儲かりそうな気がしてしまいます。逆に上手くいきそうだと言われると、不安になってしまうのです。

男とは女々しい生き物

女性と付き合うにはなにかとお金が掛かるものです。デートでの食事や洋服、旅行のみならず、単純に仕送りをしていた時期もあります。ある時の彼女は海外志向の強い性格で、私がアメリカ留学をしなさいと言うとあっさりとニューヨークに2年間も行ってしまいました。

その前にはパリに3ヶ月行っていました。ニューヨークでの生活費、マンションの家賃は私の支払いです。彼女の毎月の生活費や家賃はカードで引き落とされていきます。留学というよりも私の仕送りで遊学していたという方が正しいでしょう。

しかも、彼女が親思いだったため、ニューヨーク滞在中には彼女の親の面倒も私がみました。そのために芦屋にマンションも買いました。

彼女は私のお金を湯水のように使い、日本に帰ってきた時には、そのお金以上の価値観を勉強してくる事ができたのです。帰ってきた彼女には青山にお店を持たせてやりました。ニューヨークで遊学した甲斐もあったようで、任せたお店は売上げを出してくれます。そのお店のスタッフは上から下まで全身シャネルという派手なお店になっていきました。そうすると、彼女は自分の稼ぎで親にも仕送りができる程になり、私の元から巣立って行きました。

幸い、彼女の親に買ったマンション（彼女名義）も現金で買ったのでローンだけが残るような事にはなりませんでした。

また違う女性と付き合っていた時、その彼女も英語の語学留学がしたいとタヒチに行き、そこで知り合ったスイス人と結婚してしまいました。こちらとしては鴨《かも》にお金を背負わせて海外にやって外国人に持っていかれたようなものです。しかし、彼女は、

「私を海外に行かせるのが悪い」

と言い放ったのです。すごい根性、すごい自己肯定力です。それだけ自分の事を肯定できるなら世界のどこでも上手くやっていけるでしょう。

芦屋にいた頃知り合った女性がいました。彼女とは2~3回程付き合っただけで別れてしまったのですが、その後、何年も経ってから、パパ（パトロン）を連れて銀座のお店にまで来てくれた事があります。そのパパは鉄鋼関係の社長さんで、お店を気に入ってくれ、毎月500万円程も使ってくれて、とても助かった思い出があります。

他にも一風変わった経歴の女性では、国際花と緑の博覧会でコンパニオンに選ばれた彼女もいましたし、阪神の有名選手の娘さんや、最近ではアメリカの某大企業で働いていたという女性もいました。

警察のお世話になった回数が一番多くなってしまったお付き合いもありました。

美しい容姿で生まれ育ったせいかどうかは分かりませんが、性格が悪い子でもありました。悪いというより、厄介です。私も大概浮気をしてしまうものですが、彼女も負けず劣らずと他の男とくっつきます。

男の勝手な言い分ではありますが、男はよくても女はそういう事をしてはアカン！　という事で、夜な夜な何をしているか分からない彼女の部屋にカメラを取り付けた事もありました。もちろん彼女も渋々承諾済です。

後日、彼女の部屋からカメラを回収し録画チェックをしていると、途中から何かがカメラの前に塞がって真っ暗なままです。

彼女はカメラのレンズの前に物を置いて隠し、なにも映らないようにして、マンションのベランダから出て隣の部屋にいる浮気男の部屋に行っていたのです。

互いの非を責め立て合う喧嘩はしょっちゅうで、青アザを作ったりしながら何度も110番をして、麻布警察の方からは「また、あんたたちか……」と顔まで覚えられてしまう始末。

彼女と付き合っていた期間、喧嘩の時を除けば、それはもう至れり尽くせりしてあげた自負があります。別れる間際までそうやってお姫様のように扱ってきた事で、別れた後しばらくは、男性といわゆるまともなお付き合いというのができなくなったと聞きました。

お姫様扱いされる事に慣れてしまうと、よっぽど痛い目をみない限りは、ワガママ放題の性格は治らないのでしょう。奥さんがいなくなった途端に日常生活を送るのに不自由してしまう男性と同じような羽目に陥ってしまうのかも知れません。

彼女は見た目がいいので、男性の最初の食いつきはいいのですが、次第に皆愛想を尽かしてしまうという塩梅です。

男という生き物は、馬鹿で寂しがり屋でヤキモチ妬きで女々しいという一面を持っているものです。土日に彼女に連絡をしても繋がりません。メールの返事もなく電話をしても留守番電話サービスに。そして翌朝の11時頃に連絡がきたりします。冷静に考えれば、ホテルのチェックアウトをした時間くらいなのです。他の男と夜を過ごしていたから連絡が取れなかっただけ。

「昨日の夜はどこで何をしてたんだ?」

「……疲れたから家で寝てただけよ」

そんなハズはないと頭では分かっていても、心の中では好きな相手のそんな馬鹿げた嘘まで信じたくなってしまうのが男の悲しい性《さが》なのです。

罵り合うような喧嘩をして別れてやると啖呵を切ったくせに、独りになって寂しくなると復縁を迫ってしまいます。付き合っている時にはなかなか相手の気持ちも分からず、別れて大切な人を失ってからはじめて相手の気持ちが分かるようになるものです。俺の事を分かってくれるのはアイツだけ、なんて調子のいい事を考えてしまいます。

女性は割と切り替えが早いものですが、男はウジウジとしてなかなか切り替えができないもの。時間が解決してくれるといいますが、解決するまでの時間がものすごく長いのです。男ってやつは女々しい生き物なのです。

人をどう育てるかが商売繁盛の秘訣、スタッフ教育の難しさ

50店舗以上のお店を経営してきたという事は、それだけ数多くの面接を行なってきた事になります。その数、およそ3万人程になるでしょうか。一人あたり面接は2分。数店舗で大人数を採用する際などは、100人採用し2日働いて50人が残ります。3ヶ月で20人になり、この残った20人が盛り上げてくれるものです。100人に20人、5人に一人の割合になります。これは大阪北新地で多くの面接と採用を繰り返して得た経験です。

お店の売上げを左右するのはスタッフの力だというのは言うまでもありません。しかし、スタッフが思うように育たない事もあります。人間というものは、仕事を教える際に、自分ができるから相手もできると思ってしまいがちで、こうしなさいと言ったのにできないという事は多々あります。私自身もそこはよく反省します。

人を育てる、人を使うというのは、なかなか思うようにはいかないものです。年齢は私とは親子程離れたスタッフたちばかりです。ちょっとキツく叱ると、言い訳をしたり拗《す》ねたり。

それならまだかわいらしい方で、叱った次の日にはメールで辞めますなどと伝えてきてそれっきりなんていう者もいます。

ある女性スタッフと話している時、私が今月は自転車操業で大変なんだという話をしていると彼女は首をかしげてこう言いました。

「オーナーは、いつも自転車でお店まで来ているんですか？」

彼女は決してボケているのではありません。真剣に言っているようです。こんな事を言う子にいろいろ教えないといけないのかと思うとなかなか骨が折れるなと痛感します。

お客様が入った時は入り口近くに座っていただくと外から見えて一見《いちげん》さん（新規のお客様）が入ってきやすい。こんな当たり前を何度言ってもそれをしないというスタッフもいました。一見さんを入れるだけで年間何百万円も売上げが変わるのに、それを理解していなかったり。

若いスタッフがなかなか育たず、店長やマネージャーがイライラしているのを見ると、どんな事を考えて悩んでいるのかが手に取るように分かります。私が彼女らを教育していた時も同じように悩みながらやっていたのですから、自分の頭で考えて上に立つ事の難しさを勉強しなければなりません。

スタッフを育てるのは当たり前で、お客様を育てるのがスタッフの仕事だと、うちの従業員には教育してきました。お客様を育てると書くと、上から偉そうにと思われるかも知れませんがそうではありません。お店に来てもらって、いかに楽しく心地よく過ごしてもらえるようにするかという根本的なところや、若いお客様などにはどんなワインが美味しいのか、どんな食べ物がよく合うのか、値段はこれくらいだとかそういう事をお伝えできればいいなと考えています。

高級店になると、やたらとお高く止まってなにも知らないお客様を舐めた感じで接したりするようなお店も多いと聞きますが、それでは客商売になりません。いまアコギな接客なんかしたりすると、SNS等で一気に炎上しかねない時代でもあります。

そうしてスタッフが一丸となりお店をもり立てて売上げを出して上手くいった時に、このお店は自分たちで作り上げ、育てたお店なんだと自信が持てるようになるのです。その快感こそがすべてなのだと思います。

そんな葛藤や悩みが各店舗であり、私は各店舗の求人、支払い、請求、帳簿、税金、スタッフの管理をしてまとめあげる事が仕事なのです。

飲食業に限らずどこにでもある現象かも知れませんが、新人スタッフはなかなかお店に馴染めなかったりするものです。ベテラン同士が輪を作ってしまうので、新人はなかなかその中に入れず、ぎくしゃくとしたままずぐに辞めてしまう事があります。すぐに辞めてしまうような子は使えないと現場では思うかも知れませんが、その新人を入れるために求人を出したりしてお金を使っているのですから、新人も大切にしてきちんと育てていかなくては損をするばかりです。

ベテランスタッフが新人を大切にするようにと私は常々言っています。

水商売は、物を売る仕事ではありません。ある時期から値段が高いと言われてお客様の足が遠のいていったお店もありました。以前は同じ価格でも（高くても）お客様は来てくださっていました。それはスタッフの力なのです。

昔からいつもスタッフに言っている言葉があります。

「居酒屋よりもフレンチに連れて行かれる女性になりなさい」と。

水商売という仕事をしているうちは、貴女が売れるボトルの値段が貴女の値打ちです。好きなのを飲んでいいよとお客様から言われる女性であれば、お客様から見てその女性は無限大にいい女だという事です。

この仕事にマニュアルはありません。その場の雰囲気でやり方が違ってきます。今日がよくても明日はそのやり方ではお客様が機嫌悪くなる事もあります。

お客様がどう感じるのか？　ここが大事なのです。

私はこう思っている、と強く自分の意見を主張する女性もいますが、そうではなくお客様がどう感じるかが一番大事なのです。

フランスの作家アンドレ・ブルトンの自伝的小説『ナジャ』にはこんな一節があります。

「自分が演出している自分と、相手が取るあなたの印象とは違うものだ」

ファッション誌で見た通りに自分でお洒落にしているつもりでも周りから見るとダサい、などという事はよくあります。自分が表現してるのは自己の満足であり、相手には違う伝わり方をしているかも知れません。相手の考え方を読んで相手が何を望んでいるかを提供できる。お客様が次に何をしようとしているのかを考えながら仕事をするのが、水商売に限らず客商売をしている者の基本なのです。

客商売にはマニュアルがない、というマニュアルがあります。

人の気分は5秒もあればコロコロと変わってしまいます。先読みをしたり、瞬時に把握してお客様が求めているものを提供しなければいけません。

水商売ではお客様に使っていただいた対価を笑顔で償却しなければならないのです。笑顔がお客様を呼ぶのです。

私がお客としてお店に行った際に、感動した言葉があります。

銀座にある鰻屋さんに行った時の事です。80歳は超えているであろうおかみさんが元気いっぱいでテキパキと仕事をこなしながら店の中を忙しなく動き回っています。これまでいろんな人を見てきたであろうそんな人から「今日来てくださったお客様のなかで、あなたが一番好感度が高いわねえ」と言われた事があります。

赤坂のレストランに行くと、スタッフがみんな年配のベテランばかりでとても雰囲気のいいお店でした。はじめて行ったそのお店で身のこなしがスマートな老年スタッフが私の顔を見てこう言いました。

「あなた様は周りの人を幸せにするオーラが出ていらっしゃいますね」

さすがだなと感じずにはいられませんでした。ベテランのお二人は客を喜ばせる術を熟知しているという事です。客が言われて喜ぶような事はどんどん声に出して伝えていくのが正解です。思っていても言葉に出して言わないと、伝わらないのです。

あるレストランに行きました。そのお店に行くのは二度目ですが、ウエイターがどの席で何を食べていたのかを覚えていてくれます。前回の来店時にはオーダーする時以外に会話はありませんでした。それでもちゃんと覚えていてくれる。これが客にとっては嬉しい事なのです。

それは何も飲食だけに限りません。洋服を買いに行った時もそうです。

私が愛用しているディオールに彼女と行った時の事です。

その日は私の担当のスタッフがお休みでした。レディース売り場を歩いていると、担当者の下に付いていた女性スタッフが「いつもありがとうございます」と余計な一言を言いました。前に他の女性と店を訪れた時の挨拶だったのですが、この一言で他の女性と来ていた事がバレてしまい、お詫びに48万円のバッグと38万円のドレスを買わされてしまいました。

後日、お店に担当の方がやって来ました。

「以前鷺岡様がご来店された際、私はお休みをいただいておりましてご迷惑をおかけしました」

そう言ってディオールのシャンパンをプレゼントされました。そういう何気ない心配りが嬉しいものです。心地よいサービス対応をされると、心がなごむといいますか財布の紐も緩くなってしまいがちな私は、ブラッと立ち寄っただけなのに20万円程の洋服を買ってしまうのです。

半年に一度しか買っていないお店なのにスタッフと友達感覚になる事もあります。携帯に電話がかかってきてファッションショーがあるので来て欲しいという連絡もくれます。そんなふうにしてこちらをいい気分にさせてくれるのです。実際にお店で服を選ぶ時でも、本当に持ち上げ方が上手いなと感じます。ついつい乗せられて40万円のスーツを買ったりしてしまうのです。

そういう接客上手な人を見ると、この人は水商売でも上手くやっていけるだろうなと思いますし、こちらも勉強になります。

やはりどんな客商売も、その人の人間性がモノを売って売上げを上げるのだという事です。

元スタッフたちのその後

私のお店を辞めたスタッフたちはそれぞれの場所に羽ばたいて行って、自分の夢を叶えているようです。

大阪でラウンジをやっていた時の事です。20歳になったばかりで水商売ははじめてだというスタッフが同伴をしました。すると同伴中にお店に電話がかかってきました。まだ携帯電話もない時代です。どうしたのかと尋ねると、声を震わせていました。

「同伴しているお客様が、ホテルに行かないとオーナーに言ってクビにさせるぞ、辞めさせるぞと言われてるんですけど、どうしたらいいですか?」

きっと彼女がまだ水商売初心者だから上手い事やれると思ったのでしょう。

「そんなお客様は知らないから、帰っておいで」

口説き落とすならまだしも、私の存在を利用してそんな小狡い手を使うようなお客様は知り合いでもなんでもありません。スタッフはなんとか逃げて帰って来る事ができました。

そのスタッフは仕事ができる女性でした。働き始めて3ヶ月後にはチーママのポジションに就いていました。1年も経たないうちに辞めてしまうと、昼間の仕事に転職。営業の仕事ではベテランを抜いて営業成績トップになったそうです。

ラウンジで働いていた女の子たちも、店を辞めたあとも北新地の高級クラブなどで働いて高い給料をもらっていたようです。いまの銀座のお店で働いていたスタッフにも他のクラブに誘われて働いている女性がいます。

大阪で働いていたボーイの男性スタッフも今では銀座にお店を出していたり、たこ焼き屋「どない屋」を起ち上げて店舗を拡大して年商5億円以上はあると聞きました。大阪時代に私の店で働いていた男性スタッフの4人は東京に進出して何店舗もお店を持つ経営者になっています。

たまに会って話をしていると、資産などは私よりも遥かに持っていたりするので驚かされます。そのなかの一人、F君は仕事ができるスタッフでした。私が経営するバーの店長としてお店を任せていたのですが、それからわずか2年後には自分のお店を持つようになっていたほどです。彼も現在は経営者となり、当時私がいろいろ言っていた事がすべて理解できるようになったと言っています。

当時は、お客様の前で「アホ、バカヤロー！」と怒鳴りつけたりするような時もありました。彼らは私を見返すため、私に認められるために頑張って仕事に励んで、自分なりにノウハウを学んで羽ばたいて行ったのです。そしていまや私よりも成功を収めている者もいます。私のお店で働き店長クラスにまでなれる子たちは自分の夢を叶える実力が身に付くのです。いまになって思うと、まだ彼らにも学ばせていない、教えきれなかった事もあります。しかし彼らはきっと自分の力で乗り越えて行けるだけの裁量も身に付けている事でしょう。彼らのこれからが楽しみです。

この仕事を見ていると本当によく分かる事があります。お金に無頓着でただひたむきに頑張ってきたスタッフがその後に栄光をつかむという事です。逆にお金にシビアなスタッフほどなぜか幸せからは離れていってしまうようです。

臨機応変な切り返しが大事。お客様に女の子を付ける

お客様がお店にいらっしゃいます。いらっしゃいませと挨拶をして2分で着席。3分でそ

の日一番かわいい子を付けるようにします。私のお店はクラブやキャバクラではなくラウンジなので、どの女の子のお客様かというのはありません。

女の子を付ける時には必ず言い含めるようにしています。

「このお客様はこんな性格で、どこにお勤めです」

その時に私が持っているお客様の情報を一瞬で伝えます。キャバクラなどでは、なにも分からないまま席に付いてお客様の仕事や年齢を尋ねたりなんていう王道のテンプレートばかり話す女の子もいますが、そんな事を何回もお客様も言いたくはないでしょう。できるだけスムーズに会話ができる下地があった方がいいに決まっています。

お店の中では付いている子以外の女の子も働いています。女の子がトイレに行ったり移動しているのをお客様が目で追いかけているかどうかをチェックします。もし、目で追いかけている女の子がいれば、戻ってきた時にその女の子を席に付けるのは当然の事です。

ワインバーでお客様がワインを飲んだ後、

「これはどこのワインなの?」

とスタッフに尋ねました。そのスタッフはまだ経験も浅くワインの知識も少なく、分かりませんでした。そこで一瞬お客様との会話が止まってしまいました。

ええっと、などと慌ててラベルを見ていますが、もちろん読めないでしょう。

私は他のお客様の相手をしながら、そこで上手く切り返しが欲しいなと思っていました。

「ここは私たちが美味しいと思っているワインだけ置いているんですよ」

と笑顔で答えるだけでもよかったかも知れません。

もちろんきちんとした商品の説明ができた方がいいのですが、それができない時にどう切り返しをするのか。そこは頭を使って欲しいなと思います。

お店の事を聞かれて分からなくても、分かる者とすぐに替わりますという　言が出てこない子が多いのです。周りに人がいなければ、「ちょっとお待ちください」、電話なら、「あとで掛け直します」と言えばいいのです。

電話の応対でも機転を利かせて欲しいものです。

お客様からお気に入りのスタッフが今日は働いているのかどうか確認の電話がかかってきました。しかしそのスタッフはもう辞めていました。電話を取ったスタッフはその女の子は辞めてしまった事を告げて電話を切りました。

なにをしとるんや、と。

その電話のお客様は、今日はどこか飲みに行こうと考えて、うちのスタッフを思い出して連絡をくれたのです。お客様が目当てのスタッフがお店にいなくても、来ていただいて楽しんでもらう、というふうに考えないといけません。

馬鹿正直に答えているだけでは水商売なんてあがったりです。せっかくのチャンスを逃してしまいます。

私も他店のラウンジやクラブなどに行く事があります。好みの女性が横に付いて話していると思わず聞いてしまいます。

「君は恋人とかお付き合いしている人はいるの?」

相手が笑顔で、「いまはいないんですよ〜」と言うのを見て喜んでいる自分がいます。そんな時ハッと目が覚めたように、自分の愚かさを噛みしめてしまいます。恋人がいても「いない」と答えるのが水商売の基本にもかかわらず、酔いのせいもあってか馬鹿な事を聞いてしまったものだと自嘲してしまいます。

しかし、帰り道に酔いが回った頭で、

「もしかしたら、本当にいまは恋人がいないんじゃないのかな……。もしそうだったら俺にもチャンスがあるかもっ!」

などと考えるのは、男の悲しい性なのでしょう。

この仕事というのは、馬鹿ではできない仕事です。マニュアルもなくその場その場で正解が違います。コミュニケーション能力がものをいう商売です。

この世で買えないもの＝育ちである！

仕事柄、数多くの多種多様な人間を眺めてきて、強く思う事があります。それは、

「育ちは大事である」

という事です。

育ちのいい人というのは、大人になってもその身のこなしや雰囲気で分かるものです。親には申し訳ないですが、私自身は育ちが悪い方だと感じています。

人の雰囲気やオーラというものは、その人のこれまで生きてきた経験からにじみ出るものです。ぼーっと生きてきた人は、ぼーっとした顔つきになってしまうものだし皆さんもよくご存じかと思います。

私は小さい頃からぼーっとした子供だと言われてきました。その上、人見知りが激しくてきちんと働き始めた20歳の頃からはどうすれば喋れるか考えていました。大人になるに従ってできるだけいい経験をしようと思って動き回りました。

北新地でお店を出していた時は、家からお店に向かう前にリッツ・カールトンホテルのバーに行って一杯だけ飲むようにしていました。というのも、リッツ・カールトンは、風水を

考えて造られたと聞いたからです。

たしかにあのホテルに来る人はなにやらお金持ちのオーラをまとっている方が多く見受けられます。そんな人たちが集まる場所ですから、おのずと場の空気もゴージャスさが漂っています。

いい雰囲気の場所で一杯ひっかけてそのオーラを香水のように身に付けて自分のお店に出るようにしていたのです。

そうすると不思議なもので、リッツ・カールトンに寄ってから出勤すると私のお店もお客様が大勢いらして本当に忙しくなるのです。

よく聞く格言に「お金はお金がある所に集まる」といいますが、ゴージャスな空気をまとう事でそこにお金が集まってくるようになったのです。


昔、私のお店で店長をしていたEという女性がいました。彼女は女優の卵で本当に美人でお客様からも人気のある女性でした。しかし、広告のポスターや小さなCM等に時々出演する事はあっても、映画やドラマのお仕事にはなかなかつけないでいました。

いつも店長として仕事を頑張ってくれてる彼女の夢を応援していたので何が足りないのか彼女を見て考えました。そして、「オーラが足りない」のだと気づきました。

「簡単に夢は叶うよ」

私は彼女にそう言いました。それから、彼女にこの服を着なさい、この靴を履きなさいと彼女の専属スタイリストかというくらいに服装や振る舞いなどを教え込みました。すると、みるみるうちにEには華やかなオーラが身に付いていきました。

「そのオーラで今度からオーディションに行ってみ！」

するとそこからEは次々とオーディションに受かっていきました。テレビのレギュラーも決まり、有名なドラマの出演までも決まったのです。

いくら綺麗で美人でも、オーラがないと人を魅了し惹きつける事はできません。テレビでタレントさんを見ていても、「この女性はかわいいんだけど、何か足りないな」と思う事はありませんか？　その足りない何かこそオーラ（雰囲気）ではないでしょうか。その逆も然《しか》りで、飛び抜けてかわいいという訳でもないのに、何かしら惹きつけられてしまうものがある女性には、やはりオーラがあります。

しかしオーラは自分では分からないものですから、意識しないと身に付けるのが難しいものです。

今現在、夢を追っている人は考え方を変えてみてはどうでしょうか？

同じ業界・業種にいると、他の人と同じような経験や同じ感覚ばかりが身に付いていきます。同じ夢を持っている人同士で同じ場所にいても自分の色はなかなか際立ちにくいかも知れません。少しひどい言い方をすると、十把一絡げになってしまいかねないのです。

時には目線を変えて、何か学ぶ事のできる他の場所に行ってみたりすると、それまで知らなかった事を経験できます。もしかするとそれは、夢の仕事に関係ない場所かもしれません。関係ない場所であればあるほど、得難い経験をして自分の幅を広げてくれるはずなのです。

これでチャンスを物にできる人に育ちます。そういう人にはどんどんとチャンスがやってきますし、自分の手でチャンスを作る事もできるようになってきます。オーラが身に付く事で、夢が叶い、欲しいものが手に入り、充実した日々がやってくるのは間違いありません。昵懇《じっこん》の仲は、お金では買えないかけがえのない人間関係です。病気の時に名医を知っている、困った時に権力のある弁護士を知っている、市役所の実力者を知っている、などなど普通ではお金を払っても解決できない事が昵懇の仲でできる事があります。

たとえば法律を変えるとか、条例を誰かの都合のいいように変える事だってあるのです。我々の与《あずか》り知らないところで、そんな事はいくつも生じているのでしょう。

流行るお店の作り方

いろんなお店に行くと、一瞬でそのお店が流行るか流行らないかが分かります。私だったらこうする、こんなふうに教育する、これはだめでしょうと、いろんな事に日がいってしまいます。

もし自分に店を流行らせる能力がない事が分かり、そういう事に長けている人に頼るのがいいと悟った人は道が開けると思います。これまで何度も失敗した私が言うのですから間違いありません。

1軒流行らせるのは猫でもできる。3軒流行らせるのは猿でもできる。5軒以上流行らせるのは本当に難しい。私は昔からそう思って店をやっています。

シャープの創業者である早川徳次さんが「真似をされる商品を作れ」の精神で最初に液晶テレビを開発したように、同業者が真似をしようとするお店は流行る、というのがあります。

ワインを主に取り扱うガールズバーをオープンした当時、真似をしようと同業者が毎日お店にやってきていました。そしてなんとなく内装や営業形態を真似して店を出していました。

しかし1年で10店舗ほどは潰れていったのです。潰れていったお店は、ショットバー感覚でやっていてカクテルを売る事しかできず、単価が安くなり閉店に追いやられてしまったのです。女の子を置けばそれでいいという訳ではありません。いいワインを売らないと単価は上がりません。

お店が流行っていると、周辺の暇なお店の妬みを買う事もあります。同じように流行っているお店の人からは頑張っているねと声をかけられますが、暇なお店は悪い噂話などを広めようとしたりするので困ったものです。しかし、私は悪い噂でもいい噂でもいいから早く噂が立てばいいと思っています。それだけ人の口に名前が挙がる事はいい事だと考えています。損をして〝徳〟を取るといえるかも知れません。

私の知人が六本木に店を出しました。開店から2ヶ月でお店は流行りました。するとあっさりとその店の権利を2000万円で売ってしまいました。彼は元々自分の店を持ちたいという気持ちがあった訳ではなく、流行らせていい時に高く売ってしまいたいだけだったのです。後から聞いた話によると、知っている子が何人もサクラとしてお店に行っていたそうです。上手い事やるなあと感心したものです。

水商売というのは、スタッフがすべてです。売上げ目標に向かってスタッフが一丸となってくれないと流行るものも流行りません。どんなお店であればスタッフのやる気が出るのか、どういうお店であれば働きやすい職場だと感じるのか。それは一概には言えませんが、クセが強い子を雇わないというのが大切かも知れません。前に述べた新人を採用する時に重要視している部分です。素直な子を雇うようにする。教育をしてスタッフをまとめあげる。そして数で勝負する。私はこれまでずっと一貫してそのやり方でいくつもの店を経営してきました。

時にはスタッフにきつく当たる事もあります。スタッフの尻を叩くのが私の役目です。優しい言葉で褒めて育てる事ができない性分なので、厳しく言って聞かせます。これは親が子供を叱る時に何回もブツブツ言うのと同じです。自分が親になった時に親の気持ちが分かるように、自分がオーナーになった時にはそれが分かるようになるのです。

私が厳しくスタッフに接した後は、スタッフ同士で飲み会などを開いたりして私の悪口を散々言っている事でしょう。ですが、私はそれでも構いません。嫌われ役でいいのです。私の事を悪く言って少しでも発散して、またやる気を取り戻してくれればそれでいいのです。お店を残すためにも私は嫌われていればいいと思います。

スタッフが育つとお店を任せる事ができるようになり、私は他の事業も広げていけるようになるのです。お店の宣伝や営業活動などいろいろな事をやりますが、結局はお客様にお店に来ていただいて売上げが上がる訳で、お客様を呼ぶのはスタッフです。だからスタッフというのは、お店にとって宝物なのです。

事業とは経営者が倒れても何の支障もなく継続される事

何店舗もお店を出して経営していると、サラリーマンの方からそんなに何店舗も出せるのは悪どい商売をやっているからなんじゃないかというような事を言われたりもします。しかし私と同じ経営者の人からはそんな事を言われた事がありません。そんな悪どい事をしていてお店がやっていけるはずがない事を経営者はよく知っているからです。

時期によっては単価が高いせいか、ぼったくりだと言われる事もあります。

ぼったくりというのは、料金とサービスが伴っていないからそう言われてしまうのです。ですからそう言われた時は、お店でのサービスがよくないのだと反省をします。

上質なお酒があっても、綺麗な女性がいても、お客様を楽しませる事ができなければ、ぼったくられたと感じさせてしまうかも知れません。楽しければそれに見合った料金だと納得されます。仮に料金が安くても楽しくなければ、それは高くついたという事になります。

食事などが分かりやすい例です。

美味しいものを食べたら高くても納得してしまうものです。安くても不味《まず》ければ損をした気分になってしまいます。

遊園地などのテーマパークでも同じです。入場料金が高かろうと園内での食事が美味しくなかろうと、楽しく過ごせたと思うからこそお金を落とすのです。

恋愛でも同じような事が言えるでしょう。一緒にいて楽しくもない相手とは遊びたくもないでしょう。女性を扱う水商売ですから、安くはない料金をいただくのは当然ともいえるのです。

ぼったくりだと言われるような時は、店のサービスが行き届いていないのだという戒めの言葉として受け止めています。

オイルショックやバブルが弾けた時代をしのいで40年以上銀座でお店をやってこられた先輩もありえないと言う程、いまの時代の不景気はとんでもないと言います。その方もいつ店を畳もうか考えているとおっしゃっていました。

たしかに並木通りに人影も見当たらないというような夜もあります。しかもそれが12月だったりして、こんな状態で年明けの暇になる1月から3月までやっていけるのかと心配を通り越して恐ろしいなと思ったりもします。

毎年年末になると、12月でどうにか売上げを上げるだけ上げて、年内で店じまいをしようなんていう話も聞きますが、いざ12月になっても目算していた程の売上げも上がらずに年末を迎えてしまうという事も多々あるようです。

しかし、ここで生き残った者だけに金メダルが与えられると思って、奮闘しています。

私も齢を重ねてきますと、人生の残り時間を考えたりします。お店を経営する事は好きなので死ぬまでずっと続けるとは思いますが、もし私がいなくなってしまったら、いまあるお店は一体どうなってしまうのか。

私がいなくなった途端にハイエナのように人がたかってきて、お店もお客様も女の子たちも持って行かれてしまう事でしょう。お店を売ってしまえばとも考えますが、この不景気ですからなかなか思うように売れず、敷引《しきび》き（契約時に保証金から差し引かれるお金）などもあって営業を止めた時点で、失《な》くなってしまいます。敷金の返却などは半年後。お店が失くなるだけならまだしも、人件費や酒代や税金等の追い金は確実にのしかかってきます。お店を閉めただけではお金がかかってしまうだけなのです。

私が親に出してもらった最初のスナックをやっていた頃、母親に言われた言葉を思い出します。

「これから商売をしていくあんたに教えといたるわ。商売というのは死に病や。一回始めると死ぬまでやらなアカンのや。よう覚えとくんやで」

歳を重ね、長年水商売をやってきた今だからこそ、その言葉の意味がよく分かるようになったと思います。

銀座でもいろんなお店が消えていきます。しかも空いたテナントの次に入るお店もすぐには決まったりしないので、家主が敷引きを返還できないなんていう事態も起きています。まるで金融危機の銀行のような有り様です。銀座のテナントに長い間空きが出るなんていう事を家主も考えたりしない事態なのでしょう。

不景気になると、想像を絶するような事が起きてしまうものです。そんな時にどう対処ができるかが、経営者としての器や才覚です。

もし、いま私が倒れてしまったら――。

お店の家賃はどこにどの名義で支払えばいいのか、税金、求人、事務員、税理士さんの連絡先等、きちんと後継者に引き継いでおかねばならないと考えるようにもなりました。

経営者がいなくなったら失くなってしまうのは一代限りの商店です。商店ではなく、私がいなくなった後もきちんとこの事業を引き継いでいけるように、育て上げるのも私に残された仕事です。

会長が来られなくなった！（魑魅魍魎が跋扈する銀座）

いつまで続くのか分からないこの不景気なご時世。昭和の頃のように気風《きっぷ》よく飲み続ける事のできるお客様は本当に少なくなったと感じます。しかし、いるところにはいるものです。そんな辛気臭い世間の風などどこ吹く風とばかりに、豪快にお金を使って飲まれる方も存在するのです。

私が銀座でお店を出した頃から来てくださっているTさん。もう4年以上のお付き合いになると思いますが、うちのお店でトータルで1000万円以上は使ってくださっているのではないかというほどの大事なお客様です。やはり水商売というのは、一度でたくさんのお金を使っていただけるのも嬉しい事ですが、まんべんなく定期的に長い期間来ていただけるというのが一番嬉しいものです。

昔、某アパレル会社の会長さんが銀座のお店の常連さんでした。会長は銀座で年間数億円も飲み代に使うという伝説的な豪傑だったのです。ある高級クラブではママの誕生日に一晩で1000万円以上も使ったという話までありました。

私はそんな会長とお知り合いになる事ができました。気に入っていただけたのか、何度もお店に足を運ばれては、一晩で100万円使ってくださった事もありました。100万円でももちろんすごいのですが、他での伝説をいろいろと聞いていただけに、これからもっと来てくださるのだろうか、などと皮算用もあったり、ありがたいやらお店のやり方に自信を持たせてもらったりでした。

しかし、ある時から会長はお店にパタリと来なくなったのです。

その理由はもちろん知っていました。お店のスタッフの一人を水揚げしたからです。

この水商売の世界では、なんでもありのように見えて慣例のようなものはきちんと存在しています。大阪の北新地でも銀座でも多少の違いはあれど、大まかには同じです。そんな慣例の中で、女の子を揚げた時はそのお店にお礼の意味を込めてこれまでと同じようにたくさん飲みに行くというマナーがあります。水揚げをしてそのままお店には行かなくなるというのは、あまり感心しないといいますか、粗忽《そこつ》でもあります。

スタッフを水揚げしてからというもの、会長はお店にも訪れず連絡も取れず音信不通になりました。

周辺から話を聞いていると会長が来なくなったのはどうやら私のお店だけではなかったようでした。銀座の他のクラブにも顔を出さなくなっていたようです。名が知れ渡っている会長ですから、最近うちの店に通われていた事は同業者の耳には入っていました。それまで会長が通っていたクラブのママさんから大損したじゃないかとクレームまで付けられる羽目になっていました。

これが他の方であればまた感触も違ったのかも知れませんが、あの遊び慣れているはずの会長がなんの挨拶もなしというのは解せません。銀座で何億も使って遊んでいた会長の名が廃るのではないかと思っていました。

そんなリビングレジェンドな会長に水揚げされて、会長を独り占めしている女性は、うちで働いていたスタッフだったのですが、働いていた期間は短いものでした。

そうです。勘のいい方ならもうお分かりいただけたかも知れませんね。

その水揚げされた女性は、最初から会長に狙いを定めてうちに面接にやって来たのです。

事の顚末はこうでした――。

最初、女性は会長がよく飲みに行くクラブで働いていました。そのお店で毎度のように100万円以上も使うのを見ていた女性は、会長が他にどんなお店で飲んでいるのかを調べます。その中にうちのお店「ジャドール」が浮かび上がります。

彼女はハッキリと獲物に狙いを定めてうちにやって来たのです。

自分が働いていたクラブでは手も出せない環境だったのかどうかは分かりませんが、おそらくはそんなところでしょう。そしてクラブの監視の目から逃れるために、こちらの店にやってきたのです。うちの店としても新人が入ったと宣伝をしますし、常連さんに付いたりする機会もあります。

彼女は目論見通り会えるようになった会長に猛烈なアタックをかけます。水面下で交際をスタートして通い妻から入籍するまでに至ったのです。すべては仕組まれた結婚だったのです。

　会長がお店に来なくなった後に人づてで「ちゃんとお礼はさせてもらいますよ」という会長からの間接的な連絡はありましたが、それから数ヶ月も経った頃でしょうか、結婚した会長をまた銀座のあちこちのクラブで見かけるようになったという噂を耳にしました。お店に来る事もなく私には間接的にしか連絡もくれず、クラブの人たちからはバッシングも受けていたというのに、一言の挨拶もなく他のクラブ通いをしているなんてと、私は怒りも通り越して半ば呆れていました。

　どうやら話を聞くところによると、会長の結婚生活はわずか3ヶ月程だったそうです。彼女から話を聞いた者によると、こんなふうにも言っていたそうです。

「あんな見た目の悪い男と、一緒に歩くのも恥ずかしいくらいよ」

　彼女は最初から離婚を前提として、多額の慰謝料をせしめるつもりで会長と結婚したという「離婚ビジネス」を行なったのです。おそらくは生活に困らない程の慰謝料をがっぽりといただいた事でしょう。

　稀にこういう女性が暗躍しているのも水商売の世界なのです。お金を持っている人が集まるのが銀座であれば、それに食らいつこうとする女性もいるのです。

女性スタッフを口説くお客様たち

「パダン」という私のお店にとても美人のスタッフが働いていました。今風の派手な感じではなく清楚な雰囲気で性格もいい子でした。水商売というと派手な女性を思い浮かべがちですが、清楚な感じの女性の方が案外人気があったりするものです。そんな彼女はお客様からとても人気がありました。

彼女を口説き落とすために毎日お店に通われていたお客様もいらっしゃいました。そのお客様は40代独身で会社勤め。しかし毎日お店に来られているので、お給料だけでは足りなかったようで、会社を早期退職して３０００万円程の退職金が出たから大丈夫とおっしゃっていました。

もちろんお店に来てくださるのはありがたい事です。しかし、そこまでともなると危ないなあと心配してしまいます。

結局、お客様の努力が実り二人は交際して同棲する事になりました。それだけ聞くと水揚げのようですが、店を辞めたその後の生活を聞いた話によると、同棲といっても彼女のマンションにお客様が転がり込んでいった形で、生活費は彼女が稼いでいるようでした。彼女は

「ババを引いた」と後悔していたそうです。

また一方では、「ジャドール」という銀座のお店でも同じような事がありました。

スタッフに惚れてしまったお客様が、連日来店されていました。その方は社長さんです。先程のお客様のように毎日とまではいかなくても、週に何日かは来店されて1回の来店で30万円程は使われていらっしゃいました。しかもなかなかの粘り腰で、女性スタッフを半年程かけて口説き落としました。その後、二人はめでたく結婚もして子供も生まれたのです。がしかし、それまで順調だったお客様の会社は数年後に民事再生法の適用を申請したようです。

口説く方も必死ですが、口説かれる側も相手の事をよおく見なければなりません。

普段、お店でしかその姿を見られないものですが、口説く側も目標を達成するためにはさまざまな努力をしてきます。そこだけしか見られないでいると、判断を誤りがちです。口説き落とした後のお金の使い方をしっかり見ていないといけません。バーという場所は魔法がかかった場所なのです。魔法がかかった場所から離れてしまうと、そこには違った現実が見えてくるのです。

長年、こういう商売をやっていますとそういう事例はいくつも見ましたが、お客様もスタッフも深入りせずにその場を楽しむのが一番いいのだと、本当にそう思います。

そうでないとなんだか『笑ゥせぇるすまん』のオチみたいに、笑えない事になってしまいかねないのです。

お客のツケを被って追い込まれる女性スタッフ

クラブ、キャバクラ、ガールズバー、ラウンジ等、女性スタッフが働く夜の世界では、働く女性次第で売上げが大きく変わります。大阪時代、月にウン十万円稼ぐ高級クラブのホステスでも、月に5万円も貯金ができないという話も聞いた事があります。それだけ、自身も必要経費を被って仕事をしている人がいるのです。

顧客にプレゼントを送ったり、売上げがあるホステスであればあるほど憎いくらいに気を回すのが上手なものです。一年の中でもバレンタイン程怖いものはありません。

３０００円くらいのチョコをもらったがために、お礼にお店に行くとシャンパンを開けたりなんかしてものの30分で15万円は飛んでいったりするのです。３０００円のチョコレートが15万円に化けるのなら、ホステスが自腹でチョコレートをばら撒くのも頷けるというものです。

そういう経費の使い方ができるお店、ホステスというのが少なくなってきたのでしょう。

そうして自腹を切って顧客を囲うのですが、一方でお客様のツケを被って多額の借金を抱えてしまい、自ら命を絶ってしまった女性というのもたくさんいたそうです。

ツケをホステスに被せたまま飛んでしまうお客さんの特徴は、分かりやすいものです。最初は支払いもきちんとします。最初からツケは利かないのだから当然料金を支払うのです。何度かそうしているうちにホステスからも信用されるようになります。しかし最初の頃の支払いというのは信用を得るための見せ金です。

信用がついた頃になると、支払いがツケになっていきます。その飲み代は担当のホステス持ちになります。それまできちんと支払ってくれていたお客さんなので、まさか自分が騙されるとは微塵も思っていません。

そして多額のツケが滞り支払いを要求しようとする頃には、そのお客さんとは連絡もつかないのです。

ツケで溜まった飲み代はすべてホステスの借金となってしまうのです。

ノルマがあるようなお店では、顧客を持てないホステスがヘルプに入ってお客さんの飲み代を被らされるというパターンもあるようです。

高級クラブの華やかな世界というのは、そういうホステスたちの陰日向の陰が濃い程に眩《まばゆ》く輝いて見えるのかも知れません。私のお店にはそういうクラブを辞めてこちらで働きたいという女性も多いのです。

私が経営する幾つかの店舗のうち、売上げ不振に陥り閉めたお店がありました。それを機に働いていた女性スタッフの一人が自分のお店を出したいと独立を計画しました。もちろん資本金もないので、これまでのお客様でお金を出してくれそうな方にお願いをしていたそうです。詳しい事は私の耳には入ってきませんでしたが、おそらくは資金提供と引き換えに自らの身体を提供していたようです。しかし、先に身体を提供したのにもかかわらず、頼んでいた資金は提供してもらえず泣き寝入りしたそうです。

また、お客様にお金を貸していた女性スタッフがいて、結局お金を返してもらえず身体も提供して逃げられたという話もありました。

キツネとタヌキの化かし合い、というと少し言葉は悪いかも知れませんが、自分は騙されないようにと最低限の気は張っておかないと夜の世界で生きていく事は難しいのです。

絶えず声をかけておく事が大事

いろんな場所に出掛けて顔を出したり、愛想よく声をかけたりしておく事は、大事なコミュニケーションの一つです。「人見知りをするから」「いちいち出かけるのが面倒くさい」など疎《おろそ》かにしていると、上手くいく事もいかなくなってしまいます。これは水商売に限った事ではないでしょう。

仕事もそうですし、女性に対してもそうです。

普段からお金と笑顔を振りまいていると、遅かれ早かれどこかのタイミングでグッと引きがくる時がきます。

極端な話ですが、自分がなにかの病気になってしまったとしましょう。

その時いくらお金を持っていても、腕のいいお医者さんがいる病院をお金で買う事はできません。病気になっても困らないよう腕のいいお医者さんと知り合っておくには、そういう人を知っている人に紹介してもらわないといけません。いわゆる人脈というものがあるに越した事はありません。

いろんな人に声をかけたり会ったりしているうちに、思いもかけないビジネスチャンスや素敵な人に巡り会えるチャンスも増えていきます。

時々、「出会いがなくて困ってる」とお嘆きの紳士もいらっしゃいますが、得てしてあまりいろんな場所に行かなかったり、行動されていない方に多く見受けられます。じっとしていても天から好みの女性が貴方の目の前に降ってくるなどという事はないのです。「マメな人ほどモテる」という俗説は確率の問題だと思うのです。

たとえばこんな事がありました。私のお店で働いていた女の子がもうすぐ結婚するという報告にお店に来てくれた事がありました。しかもそのお相手はうちのお店にいらしていたお客様です。

そのお客様の事はよく存じ上げておりました。というのも、そのお客様はお店に来られて酔ってしまうといろんな女性従業員に「結婚しようよ」と声をかけていたのです。数撃てば当たるではありませんが、その子だけが冗談で受け流さず本気で言葉を受け止め、遂には結婚するまでに至ったのです。

この話だけ聞くと、なにやら女の子の方がウブで騙されてしまったように思われるかも知れません。しかし、その女の子もそこまでウブではありませんでした。

お客様がお金持ちだと知っていた上で、結婚話にあえて乗ったというのは、他の従業員のみならずお客様当人ですら周知の事実。お客様も女の子も双方の願いが叶ったというＷＩＮ－ＷＩＮの関係が成立したという訳です。

一度でもお世話になった方には礼を尽くす

言葉遣いも荒っぽく聞こえてガメツいと言われる大阪人。しかしなかなかどうして情に厚く生きる人が多く、なにかをしてもらったら恩返しは必ずするのも特徴といえるでしょう。逆にいうと、恩返しをしない人はそれからは相手にされなくなってしまいます。

そんな中で生きてきましたので、私も一度でもお世話になった方には礼を尽くすようにしています。

人は自分の利益になる事は進んでやるものですが、デメリットを感じると動かないものです。しかし相手からしてみると困った時に助けてもらえたら一番感銘を覚えるものです。自分に何のメリットがなくても相手のためになにかをしてあげるという事が善き人間関係を築いていけるのです。

昔、「パンナム」というお店を出す際に、お世話になったMさんという方がいます。いろいろな無理難題を本当によく聞いてもらいました。その方にお中元を送ると、お礼の電話がかかってきました。しばらくお店にも来ていただいてなかったのでどうされているのかと心配をしていたところでした。

「鷺岡さん、しばらくお店にも行けなかったのはね、実は癌《がん》になってしまったからなんだよ」

Mさんはその時点であと数ヶ月の命だと医者に宣告されたと言いました。私は電話を切ってからMさんからお世話になった事の数々を反芻《はんすう》しました。

自分の命があと数ヶ月だと宣告されて過ごす毎日は一体どんな気持ちなのだろうか、その心情を思うと胸が締め付けられてしまいます。

Mさんには心を込めて贈り物をしたのですが、少しでも喜んでいただければと願っています。

また別のお世話になった方にはラトゥール1933を贈りました。当時の価格で17万円程です。先方はそんな高いワインをもらうのは、と送り返してきましたが、私はただその人が好きだから贈っただけです。お世話になった方や好いている人にはいいものを贈って喜んでもらいたいという心尽くしでもあります。

そういう事が巡り巡って、その相手からでなくても、なにかしらの形で自分にもいい事が返ってくればいいなと思っています。

銀座にお店を出すようになってから、いろんな人間を見る事ができました。バブル崩壊からリーマンショックに巨大災害と、なにかと不景気続きのこのご時世。一人ふらりと店に入っていらしたお客様。お帰りになってから伝票を見ると40万円を超えていました。スタッフにどんなお仕事をされている方だったのかと聞いても、分からないと言います。

あの方はまたいらしてくれるのだろうか。私は一目惚れした相手に想いを馳せる乙女のようなオジサン状態に。銀座には素敵だなと思うお客様がたくさんいらっしゃいます。

銀座で40年以上も営業を続けていた老舗クラブ「ロイヤルサルート」。このお店のナンバーワンの女性の誕生日をお祝いしようとお店に行くと、高いシャンパンがポンポンと開いていく景気のいい音が5分おきに聞こえていました。その日だけで2000万円以上の売上げはいったでしょう。そういうお客様を惹き付ける魅力がスタッフやお店にはあるという事なのです。

たとえば、お金持ちの方とお金を使う人というのは別物です。たくさんのお金を持っていても使わない人よりも、極端な話、借金をしてでもお金を使ってくれる人の方がありがたいものです。

親しくさせていただいているクラブなどに顔を出してアフターなどにも行き、そういうお付き合いの中から新しいお客様をご紹介していただく事もあります。

紹介していただいたら、お礼にまたそのお店に行く。お店に一度来ていただいたら、2回行く、来てもらった回数の倍は相手のお店にもというのがスマートです。そんな繰り返しで人間関係が構築されていき、その人の魅力でお店の雰囲気も作り上げられていくのが銀座という街です。

どんな商売でも同じかも知れませんが、人との繋がりが大切なのは言うまでもありません。

大阪と東京の違い

一昔前の昭和では、東京で関西弁を喋ると結構馬鹿にされたりしたものでした。いまでは関西芸人のおかげもあってか、関西弁も随分と認知されるようになり、関西人でなくてもエセ関西弁を喋ろうとする人までいます。

東京にやって来た時、その文化の違いというか勝手の違いに戸惑う事もありました。道を歩いていると、路上に人が倒れ込んでいました。しかし、誰も声をかけたりもせず見て見ない振りをして通り過ぎていきます。その光景をはじめて見た時には驚きました。なにかとからかわれてしまう関西のオバちゃんですが、そこに関西のオバちゃんがいれば救急車を呼ぶところまできちんと面倒をみてくれたでしょう。

もちろん東京にもそういう人はいますから一概には言えませんが、東京にやって来て間もない頃には「東京は冷たいなあ」と思ったものでした。

路上で道を尋ねても、関西ならこんなふうになります。

「そこの角をグワーッと曲がって、次の道をガーッて真っ直ぐ行ってやな……。え？　いまの説明じゃ分からへん？　しゃあないなあ、ほんなら付いて行ったるわ。オバちゃん親切やろう？　よう言われんねんで。嘘ちゃうてほんまやで？　ほな行くで、ちゃんと付いておいでや！」

とアテンドしてくれる事でしょう。

雨の降る日、往来にはいくつもの傘が出現しますが、関西では自然と譲り合うというか傘を斜めにしたり上に持ち上げたりして避けるものですが、東京では突っ込んで来る人が多いような気がします。そのせいでよく傘同士がぶつかる事も多くて困りました。ぶつかって喧嘩でも吹っ掛けられたらたまったものではないので、遠くから傘をずらして避けるようにしています。

仕事の面でも違いはあります。新しくお店をオープンさせようと思ったら、大阪だと3週間で済むものが、東京では3ヶ月はかかってしまいます。工事費も大阪は東京の半分程で済んだりもしますし、内装工事の期間が長いとその間も家賃は発生しているので余計にお金がかかってしまいます。東京の方が都会でややこしいのかも知れませんが、せっかちな関西人の気質からすると焦れったくなる事もしばしばありました。

あとお金に関する事。関西では人がなにかよさそうなモノを持っていたりすると「それナンボしたん？」と値段をすぐに聞きたがります。モノを買う時に値切るのも東京じゃほとんど見かけない光景ですが、関西人は隙あらば値切ろうとします。そして幾ら値切ったのかという事を必ず自慢したがるのも特徴です。

税金にしてもそうで、これだけの税金を取られたと納税自慢をする人も関西には多いかも知れません。

東京では「恥ずかしいから」「言わないのがマナー」のような事でも関西人はすぐに口に出します。口に出さずにはいられないのでしょう。

どちらがいいとか悪いという訳ではありませんが、大阪と東京はいろいろ違うもんやなあ、と思ったものでした。

東京のタクシー

水商売を営む者にとって日常の移動手段はタクシーを使う事が多いものです。30代の若い頃は血気盛んでよく手や足が出ていたものですから、昔はタクシー運転手と喧嘩して警察沙汰になった事もあります。だからなのか、大阪のタクシー会社には必ずと言っていい程警察のOBが働いていたりするものです。

昔、いまよりも飲酒運転の取り締まりがまだ甘かった時代の事です。私が運転をしている時にタクシーにぶつけられた事がありました。タイミング悪くその時の私はお酒を飲んだ後でした。タクシー会社の偉いさんというのが警察にやって来て警察とグルになった後で、私が取り調べを受ける羽目になったのです。もう相手はマル暴かと思うくらいにガラの悪い事この上なしです。明らかにタクシーの不注意でぶつかったのですが、飲酒運転だという事で全部私のせいにしようとしてきます。

あの手この手で脅しまでかけてきます。その当時の警察はそんな脅しは当たり前という、ヤクザか警察か分からない程でした。余計な事を言うと脅されるので、黙秘しようかと思いましたが、黙秘しますなんて言おうものならボコボコに殴られるのは分かっています。

「どう見てもタクシーからぶつかってきたんですよ。ホンマに」

思ったままに答えると、「このままで済むと思うなよ」と捨て台詞を吐かれ、足形まで取られて殺人犯と同じ留置場に放り込まれ3日間も拘留されたという苦い経験があります。

その経験があるので、なにか警察に行く用事がある時には念のため録音をするようにしています。

少し話が逸れてしまいましたが、大阪は漫才師の横山やすしさんがタクシーの運転手をドツキ回したという武勇伝（蛮行？）のおかげでタクシー運転手の態度が随分と変わったと言われていました。

大阪と東京のタクシーでは細かいところで異なる事が多いですね。

たとえば北新地では、お客さんを乗せていないタクシーは、後ろからお客さんを乗せているタクシーがきたらノロノロ運転をやめて、車を寄せて後ろの車を先に行かせるなんていうのは当たり前でした。銀座では空車のタクシーはなかなか避けてはくれません。

北新地では、クラブからお客様が出て来て道でタクシーに乗る時、お見送りに出てきたママさんやお姉さんたちが、停めたタクシーの後ろの車にも深々と頭を下げる光景をよく見かけました。銀座ではお客様には頭を下げていますが、お客様のタクシーのせいで停めてしまった後ろの車の事なんか知らんぷり。

東京に出てきてから、関西人が東京のタクシーはなってない！　と怒る話は聞いていましたが、自分も体験する時がきました。

新幹線で東京に着いてタクシーに乗った時の事です。荷物をトランクに押し込んでから座席に座り、運転手に銀座までと行き先を告げました。

「東京駅から銀座……。えっと、どう行ったらいいですかね？」

私は運転手の後頭部を思わず二度見してしまいました。

「お前はアホか――――!!　死ね――――！」と怒鳴りつけたいのを必死で抑えました。

よく見ればカーナビも付いています。調べもせずに聞いてくるなんて横着にも程があります。あんたもプロなんだから道順を先に提示するなり言い方があるだろうと。もしかしたら

「どのルートで行きましょうか?」という質問なのかも知れません。しかし、そんなものはこちらが指示を出さない限りは最短ルートで行くのが当たり前なハズです。

これは結構、関西人には分かってもらえますが、関東の人には分かってもらえない時もあります……。東京に来てからは事あるごとに、個人タクシーは乗らない方がいいと忠告をされました。たしかに全部がという訳ではありませんが、個人タクシーの運転手はガラが悪いといいますか、マナーのなっていない運転手が多く見受けられます。吸い殻を路上に捨てるし、窓から唾は吐くし、大阪弁で行き先を告げると、お上りさんで道を知らないと思ったのか、遠回りをされる事が頻繁にありました。

上京したての頃にお店にいらしてたお客様にぼやいた事がありました。

「こっちが関西人だと思って、遠回りばかりされてしまうんですよ。もう腹が立ちますよ、ほんまに」

「そういうタクシーいるよね。けどね、案外怒ったらまけてくれる時もあるよ。実際にそういう事あったし」

よし、これはいい事を聞いたぞと思いました。後日にタクシーに乗りますと、またしても遠回りをする運転手。いよいよガラの悪さを発揮する時がやってきました。とぼけた顔で遠回りするのを確認してから、運転手の後頭部めがけて声を張り上げ、もうこれでもかという程どぎつい関西弁でどやしつけてやりました。

無事目的地に着くと、料金はいらないと言われました。大阪人だと思って舐められていた私ですが、逆に迫力のある大阪弁が役に立ったのです。もちろん正規の料金を支払いましたよ。

東京にはタクシーの数が多い分だけいろんな運転手がいます。

２０１１年の東日本大震災の年の夜中。家に帰るためタクシーに乗りました。車内で運転手さんと震災の話をしているうちに着いて、料金を支払って降りました。マンションのロビーから中に入ろうとすると鍵がどこにもない事に気がつきました。しまった、さっきのタクシーの中に落としたかも知れないと思い、領収書を見てタクシー会社に電話をすると、やはり車内に忘れていたらしく運転手が鍵を預かっているとの事でほっと胸をなで下ろしました。しかもここまで届けに来てくれると言うのです。

なんでもその運転手さんは鍵が座席に落ちているのを見つけてから、近所のお店の一軒一軒に入って私を探してくれたそうです。どこのお店でも怪訝な顔をされながらも私を探してくれていたのです。私も降りた場所から少し離れたところにいたので申し訳ないなと思いました。

東京にはそんな親切なタクシーの運転手もいると分かって感心したものです。もちろん接客がいいタクシーにはチップをたくさん渡すようにしています。

営業のやり方

リーマンショック後、長年にわたって不景気が続くせいで、水商売も大変です。いろんな店舗が店を畳んでいったという話はもう嫌というほど耳に入ってきます。店がなくなってしまうと、そこで働いていた従業員たちは次の仕事を見つけないといけません。水商売からは足を洗って畑違いの業種に行く人もいれば、同じ業種で他の店を探す人もいます。

私は不景気というのは人材バブルだと思います。

よそにいた優秀な人材があふれているはずなのです。不景気だといわれる時期だからこそ求人を多くかけるようにしています。

人を多く雇えばそれだけお客様にお店に来ていただかないといけません。

私の営業はチラシ配りとDMです。北新地でも銀座でもチラシを撒きました。銀座でチラシを撒いていると、他の黒服から怒られた事もあります。それでもめげずにチラシを配ります。ただチラシを配ればいいかというとそれでは駄目です。どうにかお客様に来てもらう、という強い気持ちを持って配るようにと、スタッフにも口を酸っぱくして伝えています。そういう気持ちはチラシを受け取る人にも必ず伝わるのです。ただ手持ちのチラシを配ればいいという気持ちでは誰もお客様としてやって来てはくれません。

よく他店では新人を外に出してチラシ配りをさせたりしますが、ベテランスタッフが見本をみせるべきです。

お店でも常連さんにベテランが付いて、一見さんに新人が付くような事がありますが、それでは新規のお客様がまたお店にやって来てくださる確率は低くなります。いまいる常連さんも最初は新規のお客様だったという事を思い出し、新規のお客様を増やすためにもベテランスタッフがチラシを撒いてお店に連れて来なくてはいけません。

もちろん日頃の営業メールや電話も欠かせません。スタッフからお客様に電話営業をしますが、決して「遊びに来てください」とは言わせないようにしています。困った時だけ営業をかけるキャバ嬢のようなやり方はしないようにと徹底しています。来てくださいと言わずに、来てもらうように仕向けなくてはいけません。電話営業には正解はありません。

私はというと、クラブに顔を出してボトルを入れてアフターにも付き合って他のお客様を紹介していただくというような事をやっていた時期もありました。それ以外の営業活動はもっぱら事務作業になります。新規データから顧客作りをして葉書や封筒や切手も揃えて30

00枚程のDMを送ります。

DMを送るのは来ていただいた事のあるお客様だけに限りません。テレビを見ていて自分が興味を惹かれる人が出ていると、「この人にお店に来ていただこう」と、すぐにその人の連絡先や会社などの住所を調べてDMを送るようにしています。思い立ったらすぐに行動に起こすようにしています。

お歳暮お中元には各店舗の店長名義でそれぞれのお客様にボジョレーヌーボーを贈るようにしています。大量のボジョレーヌーボーを仕入れて解禁日の前日に届くようにしています。クラブなどではホステスさん個人が自費でというお店もあるようですが、私のところではもちろんすべて会社で負担をしています。

失敗しても構いません。1000枚送って4人でも顧客が摑めれば成功です。いろいろな店舗や昔からお付き合いのあるお客様等含めて、総勢8000人程の顧客がいます。顧客のリターンはおおよそ300分の1でしょうか。4000人のお客様にDMを送って13人。銀座のお店の単価が5万円で、65万円。これらのお客様が何度かお店に来ていただけると採算は充分に取れる計算になります。それが年間にして何百万円もの売上げとなるのです。

手間暇をかけて少しのお客様をお呼びし、そのお客様たちに満足していただいて、また次にも来てもらえるように。

そんな小さな事を積み重ねた営業努力のおかげでいくつもの店舗展開ができるのです。

商売には男どき女どきがある

「男《お》どき女《め》どき」という言葉があります。男どきは何をやっても上手くいく時、女どきはなにかにつけ巡り合わせが悪い時のことです。私は男どきの時に新しいお店を出します。男どきの時というのは機運がいい気配を感じますし、そういう時はお金が勝手にやってくるものです。その時に2000万円ぐらいかけてお店を作ります。

しかし女どきがやって来た時は散々なものです。支払いが遅れる等してお金が貯まらない、空回りばかりするといった時期もやって来ます。銀座に来て4ヶ月間酒代が遅れた時がありました。その額は1200万円にもなりました。この時は本当に何をしても上手くいかない時期でもありました。

商売に限らず人生においても同じです。何をしても成功する時と、何をしても悪い方にいく時があります。その女どきの悪い時にどれだけ損害を少なくするかと考えて実行し、より悪い方向にいかないように画策しなければいけません。

よく水商売ではゲンが悪い事はしてはいけないと言います。

たとえば、「お店で爪を切ると暇になる」。お店の中で爪切りやハサミを使うと縁起が悪いと言われています。ギャンブルの前に爪を切ってはいけないというのもあります。昔スタッフに給料袋を渡すと店の入り口でハサミを使って開けようとするので、こっぴどく叱った事もあります。その日は最低の売上げだったと記憶しています。なにかとそういう縁起はかついでしまう性格です。

あと妊婦というのも水商売には大敵です。

大阪でお店をやっている時、スタッフの女の子が妊娠をしました。望まぬ妊娠だったようで、手術するお金も持ち合わせていないので働かせて欲しいと言いましたが、すぐに辞めてもらいました。健康上の心配ももちろんありますが、それ以上に飲み屋に妊婦を置いては駄目だというジンクスを重んじているので、後ろ髪を引かれる思いでお店を去ってもらった事もあります。

ジンクスを破ると、必ずといっていいほどよくない事が起きたり、売上げが悪くなったりするのです。

逆に妊婦さんは競馬場に行くと当たるというジンクスもあります。

どれもこれも根拠はないようなものですが、世の中を見回してみると、姓名判断や占い全般から茶柱が立つジンクスまでいろいろとあるものです。信じるも信じないも人それぞれですが、私は長年の経験上、商売柄、ジンクスを信じています。

失敗なんて怖くない（店を畳むタイミング）

水商売はその名の通り水ものですから、いい時はものすごくよかったりしますが、お客様が入らないという悪い時が続いたりもするものです。それはもう嫌というほど経験してきました。水商売は基本的に3ヶ月も暇が続けば潰れてしまいます。早ければ1ヶ月で潰れてしまう事もありました。

銀座のクラブだって例外ではありません。銀座のクラブのママは、頑張って身一つで切り盛りされている立派な方もいらっしゃいますが、パトロンを持っている方も多くいる事は周知の事実です。そのパトロンの会社が傾くと、クラブも潰れてしまうという例はいくつもありました。

私はこれまで50店舗以上のお店を経営してきました。数々のいい思い出があるお店もあれば、思い出すのも苦しいようなお店もあります。店ごとにいろいろな経験をしてきたものですから、店の閉め時というのが分かります。

経営が立ち行かないお店をどれだけ早く閉めるかで、傷を最小限に抑える事ができるというのも経営者の腕なのです。経営者の手腕というのはいい時ばかりでなく、悪い時にどう動くかというのも大事になってきます。案外、閉め時が分からず「もうちょっと頑張ってみよう!」などとズルズルいって、負債が大きくなってしまう経営者というのを幾人も見てきました。

たしかに、経営状態が悪化しただけでまず閉める事を考える経営者はいないでしょう。テコ入れして立て直すための術を考えるはずです。しかし努力も空しく立て直すのが不可能な状態に陥ってしまう事があります。まだ、あと2ヶ月これが続くとまずいな、と思う段階では立て直す事も可能です。

スタッフの入れ替え、店舗の内装を変える、営業形態を変えていく等々、いろんな立て直し方があります。少しでも売上げが下がったら、祝日でもお店を開け営業、またお店の前に立ってお客様を見かけたら深々と頭を下げ挨拶をします。これは呼び込みではなく挨拶をするという事が大切です。その時に来てくだされば、もちろんそれに越した事はありません。

そうやって試行錯誤をした上で、なにかやり方が間違っていたなと思うのがあれば、すぐにやり方を変えるというのが重要です。一つ変えたからといって上手く立て直しができるとは限りません。そうすると、「せっかくテコ入れしたのに」と落ち込んでしまいますが、落ち込む暇もなく変化させていくべきなのです。一手駄目なら次の手と、動きの素早さがとても大切です。

私も常時数店舗を経営していると、5店舗のうち2店舗が足を引っ張っている状態という事があります。

ではこの2店舗をどうするべきなのか。経営のやり方を根本的に変えるのか、もしくは店のトップを替えてしまうのか等々、最後の手段に出なくてはなりません。そうなる前に、全力でお店にお客様を呼ぶ努力は当然します。

傾きかけていたお店は3ヶ月もあれば元の通りに軌道修正をしてきました。失敗なんて怖くはないのです。命までは取られへん！　いつもそう思ってやっています。

しかしそれでも駄目だった場合は、いかに素早く店を畳むのかというタイミングを計らなければいけません。

大阪の場合だと、店を閉める旨を大家さんなどに伝えると、同情してくれたりいろいろ待ってくれたりもするものでしたが、東京は違います。店を閉めるとなると返却予定日の2週間前には出るように催促が来たり、スケルトンにして返却しろという泣きっ面に蜂のような情の欠片もないビジネスライクでものを言ってくるので、面食らった覚えがあります。もちろんどこもかしこもそういう訳ではないかも知れませんが、シビアさが際立ち人情味に欠ける話ではあります。

銀座を変えていく人と言われた

一昔前は路上でお店のチラシを撒いていると、「銀座でチラシを撒くな」とよく怒られました。出て行けとか、品がない、などと言われた事も数えきれないほどです。

その頃と比べるとすっかり様変わりした銀座。今はそれどころか客引きの人が何十人も出回っていて、私にまで声をかけてきます。

そんな光景を眺めていると、時代の移り変わりといいますか、この4年間でだいぶ変わったなと感じるようになりました。ひと頃は同業種の方からよく批判もされたものですが、今ではされなくなりました。

水商売は妬み嫉《そね》みの激しい業種です。同業者の潰し合いというものもよく耳にする話です。

しかし私は、そんな事していてもしょうもないのになあ、といつも思っています。他人の足を引っ張る事に腐心するよりも、そんな暇があるのならお客様にお願いして来ていただく努力をすればいいのにと思わざるを得ません。

各々のお店がお客様を呼ぶ努力をして、それぞれ個性の際立ったお店を増やしていけば、銀座に面白い店があるとお客様が集まり活性化されるのではないかと思います。バー、クラブ、キャバクラ、ガールズバーが争っている場合ではないのです。銀座が生きるために、お客様を戻すためにも銀座は楽しいと思っていただける場所にならなくてはいけないと考えています。

これまではなにわのジェームズ・ボンドと自称していましたが、これからは銀座の坂本龍馬になっていく。そうウチの従業員の子たちに言うのですが、反応が薄いのは仕方ありません。

私の長い水商売の経験上、他店に潰しを入れるようなお店というのは遅かれ早かれ自分の店も潰れていく事が多いものです。

銀座にやってきた頃は、周辺の同業者から大阪から来た生意気な奴と思われていたようです。その上、いきなり何のアテもなく銀座でチラシを撒いたりしていたものですから、「あんな下品な事を臆せずにやるなんて、アイツの後ろには関西のヤーサンが付いてるんじゃないだろうか？」などという事まで噂されていたようです。

銀座でも、お店が暇だから安くしてお客様を呼ぶ、女の子を減らして人件費を節約するなどのお店も増えているようです。

しかしそれは、私が思うに素人の考えです。

暇になったと感じた時は、全店で求人を出しています。

もちろん規模を縮小せざるを得ない場合もある事は理解しています。しかし、こんな時だからこそ値段を下げるよりも、よりよい品質とサービスを保つ事ができれば、本当の味を知っている人は戻ってくると信じています。

お客様はお店を選ぶ時になにを考えていらっしゃるのか？

楽しく喋って、女の子がいっぱいいて、賑やかで華やいだ雰囲気を出しているお店を探すのではないでしょうか。

その昔、銀座という街では男たちがダンディズムを磨き、女たちも色香をまとっていくような、そんな憧れの街だったはずです。その灯火を安いものに変えてはいけないと、よき伝統を受け継いで発展させていかなくてはいけないと思います。

銀座に出てきて3ヶ月が経った頃、私のお店を「銀座で一番高いお店」と新橋の芸者さんが言ってくれた事があります。それを聞いて「よしっ！」と思いました。3ヶ月で銀座に名前が通った事が嬉しかったのです。良くも悪くも名前を知ってもらっている。それから俄然やる気が出ました。

しばらくして、さらに新店舗を拡大している時には、こんな方もいらっしゃいました。銀座で40年以上もお店をしている経営者がお店にいらっしゃいました。いろんなお話に耳を傾けている中で、「あなたが銀座を変えていかないとだめだ」とおっしゃられたのです。この銀座を変えるのは、あなたしかいないと。

もちろん、お世辞だと重々承知していますが、この銀座を昔から見ている方にそんな励ましの言葉をかけてもらえた事が嬉しくて、重みがあって、感動してしまい、思わず目頭を熱くしてしまいました。

私は私のやり方で水商売の世界を生きてきました。なんとか攻めの姿勢を崩さずに銀座で路面店を5店舗出す事も実現できました。しかし、なんだか達成感がないのも事実でした。

水商売の頂点である銀座で、しかもど真ん中で路面店を持っている。昔関西の片隅にいた頃から考えるとあり得ないすごい事だと思うのですが、いま一つ実感がないのも事実です。露店のたこ焼き屋を数店舗持っている感覚しかない、といえば大袈裟かも知れませんがそんなものです。

リーマンショックからバタバタと倒れていったお店がいくつもある中、私は新店舗を2店舗、3店舗と出していきました。売上げも前年比3倍近くになりましたが、お店を無借金で作っているため、お店に資金が回っているので利益はさほどなく、無借金経営、自転車操業です。

どんな時代でも儲かっているお店があります。自分のお店が、その一軒になればいいと思います。

大阪北新地を去る時に、北新地のクラブのママに言われました。

「あなたのように新地を変えた人が、ここから去って行くのは淋しいわよ」

こうして思い返すと、その時々でいろんな方から心に残る言葉をいただきました。ありがたいです。私の財産だと思っています。

東日本大震災

東日本大震災の地震が起きた時、最初の揺れが縦揺れだったのでこれは大きいのがくると瞬時に悟りました。阪神・淡路大震災を経験した時と同じようなものを感じたのです。その時は東京の家にいて、ワインやグラスがある棚を押さえるのに必死でした。棚を押さえているると鏡が倒れて割れてしまいました。揺れが収まると、倉庫にあるワインが心配になり、急いで確認しに出かけました。

その日は電車やバスなどの交通機関もストップしてしまい、お店の営業をどうするかと考えましたが、スタッフも店に出てこられるというのでカフェを営業する事にしました。すると電車などが止まっているせいか、帰宅できない人たちが夜を過ごす場所を求めて続々とやって来ます。通常の営業時間を延長して朝まで開ける事にしました。

そこで私も朝までカレーを作り続けました。意外なように思われますが、私は料理が得意で付き合った彼女にはよく料理を作っていました。

その料理好きが高じて、お店で出すカレーも凝ったものになり、銀座では少々有名だった「コレットのカレー」を皆さんに振る舞ったのです。結果、その日は朝までに100杯以上のカレーを作っていました。

阪神・淡路大震災の時も震災があった翌日から営業を再開していました。震災直後のまだボランティアの炊き出しもなく、スーパーに食料品もないような状態の時、神戸の路上にたこ焼きの屋台が出ていました。たこ焼きの香ばしい匂いに誘われて近づいてみると、普段なら6個入りで300～400円くらいのたこ焼きがなんと5000円で売られていたのです。ぼったくりにも程があります。たこ焼きは買わずに街に出て、帰りにまたそのたこ焼き屋の前を通ると、たこ焼き屋のお兄ちゃんは袋だたきに遭っていました。非常事態でそんなアコギな商売をする輩はしばしばかれるのが関西という土地柄なのです。

ご存じのように、地震や原発の影響で自粛ムードが世間に広まりました。働いていたスタッフの一人も過剰にうろたえて、実家がある名古屋に帰りました。東京は危ないからといって大阪や西日本などに逃げようとする人が大勢いる事も知りました。

私自身にはそういう不安はありませんでしたが、商売に関しては大いに不安でした。

これだけ世間が不安な気持ちを抱いていると、いつものようにお酒を飲みに出ようとする人が少なくなります。東京では計画停電もあり、電車もだいぶ止まるようで、お店に来られなくなる人が多くなります。テレビをつければ、アナウンサーが「家から出ないようにして静かに過ごしましょう」などと言っていました。そう言いたい気持ちも分かるが、それでは余計に社会の経済が縮小してしまうじゃないかと思ったものです。そんな事を言われると、お酒を飲みに外に出て行くのが不謹慎だという風潮が生まれてしまいます。そんな風潮が果たしてどれくらい影響を及ぼしてくるのか、またそれをどう回避しなければならないのかと思案に暮れる日々でした。

地震が起きようと、給料の支払いや店舗の家賃は待ってはくれないのです。自粛ムードが高まると、ただでさえムードに流されやすい我々日本人は外出する事を控えるようになり、それが飲食店を全滅に追い込む事になる、という事までマスコミは考えてくれないのです。

鳥インフルエンザやなんだといろんなニュースが取り上げられても、１週間も経つと何事もなかったようにその話題に触れなくなってしまうマスコミと、興味を失うこの国民性は一体なんだろうかと思う事さえあります。

実際、震災後にテナントが入っているビルの大家さんと家賃交渉もしました。家主と借主は店子の関係です。店子の関係というのは親子の関係と同じです。こんな非常時は痛み分けするのが互いにとっていいのではないかと思うのです。

その時、お店が4軒あり家賃の総額は６００万円にもなりました。震災直後の自粛ムードで客足が遠のいているのですから、ここでなんとか経費削減をしなければなりません。

ある家主さんは、話も分かってくれて10万円程家賃を値下げしてくれて大変助かりました。しかし、違う大家さんは、震災とかは関係ないとばかりに一切の交渉に応じてくれませんでした。契約書通りでお願いしますと。もちろん、契約ではそうでしょうし文句も言えません。不動産屋に交渉しても応じてはもらえませんでしたが、家主さんに直接交渉に行くと話に応じてくれたりもしました。

もちろん、応じてくださった大家さんの恩は絶対に忘れません――。


ともかく私は客足が落ちるのを覚悟の上でお店の営業を続ける事にしました。どうにかなる、命までは取られないと思いながら決死の覚悟でいました。

そんな自粛ムードの中でもお店にお客様は来ていただいていました。中には、目一杯飲んだ翌日に被災地のボランティア活動に出かけて行った方もいました。そんなお客様の姿勢に感銘を受けて、売上げの10パーセントを義援金として寄付させていただいたりもしました。

日本国民のみならず世界的にも原発の様子を見守る中、自分がやるべき事はやはり自分の仕事なのです。

そこで私は震災の3ヶ月後にドンペリバー「ラムール」をオープンし、その後2店舗も増やす事にしました。周りの人は「別にこの時期に事業を広げなくてもいいのではないか?」と口々に言ってきました。

世間が「いまではないんじゃないか?」と言う時がチャンスです。

世間がチャンスだと言う時はすでに遅いのです。株と同じで、この株がいいよと言われた時にはもう遅いのと同じ事なのです。「時代の流れに逆行している」「あり得ない」とさえ言われましたが、その攻めの姿勢が功を奏して、「ラムール」は客単価7万円のバーとして成功する事になったのです。

ドンペリからの招待状

3・11の東日本大震災の3ヶ月後に「ラムール」というお店を銀座に出しました。震災後、自粛ムードが漂う中で飲食業はどこも閑古鳥が鳴いていました。私はそこで攻めに転じなくてはいけないと思って8坪程の小さな店を構えたのです。「ラムール」はドンペリ専門店です。ドンペリしか置いていないという自分でもかなり攻めたお店を出したのです。チャージは3000円、ドンペリ5万円から、グラスで5000円からの価格設定です。

震災後の自粛ムードが世間を漂い、暗くなっている中、私は逆手を打ったのです。水商売を商う者の夢の場所・銀座。そこで夢の泡シャンパンの最高級ドン・ペリニヨンだけを売るという夢を叶えようと動き出したのです。

その結果、「ラムール」で年間2700本ものドンペリを売る事ができました。なんと日本で一番ドンペリを出したお店となったのです。20平方メートル程の狭いお店でドンペリを日本で一番売るという私の数ある夢の一つを叶える事ができました。

そして、それだけの数のドンペリを売った翌年、フランスのモエ・エ・シャンドンの代理店から招待状が届いたのです。

「是非、フランスのモエ・エ・シャンドンにいらっしゃいませんか?」

私は天にも昇るような気持ちでモエ・エ・シャンドンがあるフランスのシャンパーニュ地方に出かけて行きました。

それはもうドンペリを愛する者ならばまさに夢見心地の時間を過ごす事になったのです。

ベンツ600でのお迎えが来て、日本語も話せるエスコート係が一人付いてくれるというVIP待遇。シャンパンを生み出したと言われているドン・ピエール・ペリニヨンさんのお墓に挨拶に行きます。このドンペリさんは修道士だったようです。

ちなみに女優の大地真央さんとインテリアデザイナーの森田恭通《やすみち》さんが挙式をされたのもこのシャンパーニュ地方でした。「朝シャン、昼シャン、夜シャン」というシャンパン漬けの森田さんは、その昔私が芦屋でお店をやっていた頃にお店でビールを飲んでいらっしゃいました。もしかすると大地真央さんと知り合って彼の人生も一変したのかも知れません。

人というのは、その人生において出逢う人によって変わる事が多々あります。出逢った相手が悪い場合もあります。相手を見間違うと、人生の航路は大きな嵐に巻き込まれてしまうかも知れません。ところがよい相手と巡り逢えたならば、世界の素晴らしさを学び楽しむ事もできるのです。仕事も私生活もやはり人で大きく左右されるものなのです。

話を元に戻しますと、教会にあるお墓にご挨拶をした後は地下のセラーに案内されます。いたる所に鉄格子がある地下迷宮のようなそこにはものすごい数のドンペリが収蔵されています。聞いた話によると、その収蔵量は一億本もあるそうで度肝を抜かされました。このメゾンは団体ツアーなどでも見学ができるそうです。

メゾンから出ると、かの皇帝ナポレオンが泊まったという部屋に案内されます。そこでプライベートテイスティング。Dom Pérignon Vintage ２００２から始まり、エノテーク１９９６、ロゼ２０００と3種類をご馳走になりました。

料理はというと、最初にリゾットが運ばれてきたのにも驚かされました。私が嫌いなグリンピースもそこでいただくと不思議と美味しく感じたものです。

そして白身魚などの料理をいただき、デザートはローズアイスクリーム。これがロゼともものすごく合うのです。13年以上熟成されたエノテークの香ばしさも官能的なものでした。

ドンペリの本社で飲むドンペリというのは、筆舌に尽くしがたい程の美味しさと幸福感で一生忘れる事はないでしょう。

私はその後2回招待されました。迎賓館で聞いたところによると、日本人で3回招待を受けた人は他にいないそうです。これは私の自慢の一つになりました。そして１０００万円の協賛金もありがたくいただきました。

ドンペリの他にこちらも最高級シャンパン「クリュッグ」からも招待された事があります。

フランスのクリュッグのメゾンも見学させていただき、ドンペリとはまた違う規模の小ささにも驚きました。社長にお話を伺ったところ、クリュッグの社長は2年間ほど東京の酒販メーカーに就職をしていたそうです。その話は伝え聞いて知っていましたが、クリュッグ程の社長さんがどうして日本のメーカーで働いているのかかねがね不思議に思っていたので尋ねてみました。

社長のお父さんが、自分の会社のメゾンだけを見ていては駄目だ、もっと他の勉強もして見聞を広げるようにと修業させるために日本に行かせたそうです。実は日本というのはアメリカやイギリスに次いで世界で第3位のシャンパン消費国でもあります。日本という大きなマーケットで息子を修業させるお父さんの先見の明にも感心した次第です。

『神の雫』を読んで学んだ事

私は普段漫画を読みません。10代の頃に『俺の空』を夢中で読んだくらい。しかし、唯一大人になってから夢中になって読み漁った漫画が一つだけあります。『神の雫』です。神の雫と呼ばれるワインを探すという本格的ワイン漫画。ワインについて掘り下げたはじめての漫画という事で、ワインに興味のない人も興味を持つようになったり、業界関係者のなかでも話題にのぼるなど人気漫画に。その人気はワインの本場フランスにまで広がっていました。

遅ればせながら私がはじめて『神の雫』を知ったのは、２００９年のテレビドラマを何気なく見てからでした。

ワインについて学ぶ事はもちろん、角度を変えて読むと私のビジネスの進め方と共感する点がたくさんありました。

ワインを作ってくださる生産者さんは、さまざまな思いや経験を経てワインを世に送り出しています。水商売と職種は違いますが、次のように置き換えられます。

土畑は、店舗の場所。

ぶどうの木は、スタッフ。

ぶどうの品種は、スタッフの個性。

天候は、景気。

生産者さんは日々目を配りながら、手をかけ思いを持って努力を重ねているからこそ、素晴らしいワインができ上がるのです。

経営者は目線を合わせて従業員を「人材」から「人財」へと育て上げなければならないのです。

これらができてこそ本当の意味でお客様へのよいサービスがご提供できます。怠けて人任せにしていたら、上手くはいきません。

このような視点でワインの作り手の気持ちを考えながら『神の雫』を読みました。そして、いつか原作者の亜樹直《あぎただし》（本名　樹林伸）さんとお会いしたいと思うようになりました。

強く思えば叶うもの。

はじめて『神の雫』を知ってから数年が経ちましたが、遂に念願が叶いました。２０１７年に当店（Agent 西麻布）にて、先生とお会いする事ができたのです。

入り口のガラス戸にサインをしてくださいました。

今では『神の雫』のファンだというさまざまな国の方々が、先生のサインの写真を撮りに訪れてくれるようにもなりました。

店内には『神の雫』全巻を置いて、話題によりページをめくりワインに華を添えてくれています。

先生のお人柄や積み重ねてきた努力、そしてなによりもワインをこよなく愛するその気持ちが世界的に感銘を与える漫画を作り出しているんだと感動しました。

漫画を読み返すたびに、私もまだまだ努力をしなければいけないなと感じる事ができる大事な本になっています。

ためになるお金の使い方

ルイ・ヴィトンのモノグラムバッグ。あれほど分かりやすいアイテムはないと言っていい程、誰もかれもが持っているのを見かけます。ヴィトンのバッグを持つ事がステータスだと勘違いしている方が非常に多いものです。あとは時計。昭和の頃から連綿と受け継がれてきた男性は時計に、女性はバッグにお金をかけるというのがまかり通った価値観となっています。

しかし、これは声を大にして言わせていただきましょう。

時計やバッグがいくら高くても洋服がダサければ、それはダサいのです！

私は昔から消費するものにお金を使ってこそ贅沢だと考えています。食べ物、洋服、靴、下着、髪の毛に至るまで、消えものとまでは言いませんが、消費していってしまうものにこそお金をかけるべきなのです。

これ見よがしに目立つバッグや時計だけブランド物にしているのは、ダサさの極み。消費するものに贅を尽くしてこそのオシャレです。靴下や下着はどうせ長持ちしないからファストファッションの安価なものでいいよと考えているそこのあなた。そう、あなたはダサいという事を自覚しなければいけません。そんなの人の勝手だろうと思ったそこのあなた。ダサいままでもいいのですか？　できる事ならいまよりもオシャレになりたいと思いませんか？誰も好き好んでダサくなりたい訳ではないでしょう。

そういうモノにお金を使う事で、内面を磨く事にも力を注ぐようになり、見栄えが違ってきてそれが雰囲気（オーラ）になって現れるのです。

たしかにオシャレをするにはお金がかかります。高い洋服が置いてあるショップに行って買い物をするのは浪費と思われるかも知れません。しかし、お金をばら撒かずして何も身には付きません。高価な洋服を置いているお店でお金を使い、そのお店に気に入られる事が大切なのです。なにも洋服のお店だけに限った話ではありません。人付き合いでも同じです。周りにお金をばら撒きもせずに、自分がしてもらうだけでは誰も付いてきてはくれません。

実家の料理旅館の工事をしていた時の事です。仕事をしに来た職人さんたちに、母親はジュースや煙草を先に出していました。母親は事あるごとに私に言いました。

「先に渡すのが生きたお金で、後から渡すのは死んだお金や」

仕事に取りかかる前に目一杯もてなすような場面は昔の時代劇などでよく見かけたものです。粋な計らいというやつです。相手が喜ぶ事を先回りしてしてあげる。これこそが生きたお金の使い方だと母に教わりました。

もちろんその人の人徳も大きく関わってきますが、どれだけ粋な計らいができるかでその人の器が分かるものです。

それは私の商売にも大きく関わるものです。いろんなお付き合いがある中で、いろんな経営者さんたちが飲みの場に私を誘い出してくれます。そうして励ましや共感をいただけたり、そこで紹介していただいた方がお客様としてお店に来てくださったり、いろんなビジネスチャンスも増えていくというものです。

生きたお金をばら撒かず、せこせこと貯め込むだけではいくらお金があったとしても、広がりが生まれません。たくさん遊ぶ事で、生きたお金の使い方をする事で、それが自分に返ってくるものなのです。

お金をかける

長い間、水商売の世界に身を置いていますと、時代の変遷というのを感じずにはいられません。水商売の女性の髪型やファッションや顔立ちも時代と共に変化をしてきました。

銀座や北新地という水商売の聖地を見てきた私ですが、昔と大きく変わったのは「自分にお金をかける女性が少なくなった」という事です。

長年続く不景気のせいだというのは重々承知の上ですが、それでも水商売の女性というのは自分という商品が売り物でもありますから、そこを怠ると商品価値が下がってしまうのです。

女性はお金をかけないでいるとすぐに老けてしまいます。30歳まで自分に投資をして磨きをかけているのといないのとでは大きな差が出てきます。

脚や胸元を出して人目にさらすほど美しくなっていくように、自分にお金をかけないと美しくなっていきません。お金をかけて磨けば磨くほど女性は綺麗になれるのです。わずかな期間でも効果は現れます。きちんとお金をかけて自分磨きができれば、どうしてそんなに急激に綺麗になったのかと驚くほど目に見えて違いが出ます。

ではまず、手初めになにから始めればいいのかといいますと、これはズバリ「いい下着を身に付ける事」です。つまり外見から見えない部分も女性として手を抜かない。

女性はいい下着を付けると自信が湧いてくるものです。あたりを見回すと、いかにも安そうな洋服を着てバッグだけはルイ・ヴィトン、という女性をよく見かけます。ブランド志向になるのなら、まずは下着！　その次に洋服でバッグは最後にするべきです。高いバッグだけを持って自信ありげに街を歩いている姿は滑稽ですらあります。手厳しい事を言うようですが、紛れもない事実なのです。

これは前述しましたが、私は女性と付き合い始めるともれなく高級な下着をプレゼントします。もうこれはマストです。

指輪やアクセサリーの類いは後からです。女性は思い切って、らくらくブラやデカパンを捨て去って、Tバックを穿いて街へ出ようではありませんか。

何もスケベ心でそう言っているのではありません。貴女がいい女になるために言っているのです。

水商売の世界では男性からどこまでお金をかけてもらえるかがその女性の値打ちだと言ってもいいでしょう。

一人1万円程のお店では学ぶものがないと言えます。たとえば、星を獲得しているフレンチに招待されたら、それなりの服を着ていかなくてはいけません。その時だけ焦っていい洋服を着てもフィットしないものです。普段からそういう場所に行っても恥ずかしくないような服を着ていないといけません。

もちろん、高級な下着や洋服はお金がかかります。男性に買ってもらえるならいいですが、自分で買うにはそれなりの出費になります。そのためにもお金を稼がないといけません。世間では逆に消費するものだから安いもので済ませてしまおうとする傾向がありますが、私は下着や靴など消費するものにお金をかけるのがお洒落と思っています。

銀座や北新地という場所は、そこに飲みにやって来るお客様にとってラグジュアリーとファンタジーの空間であり、ステータスのある場所です。そういう場所で働くには、働く者も価値観を上げなければいけません。

お店の内装から備品に至るまで気を張らないといけません。お店の灰皿はすべてエルメスで揃えて、お皿はバカラ、クリストフルの銀食器。おしぼり置きとキャンドルホルダーがそれぞれ5万円もします。制服に至っては一人5万円程かかっています。スタッフの服装はD&G、ベルサーチ、壁にかける絵画なども金子國義先生のものやパリで買い付けたものなど、一流のものしか置かないようにしています。

安いもので済ませてしまうと、客単価もやはりそれに見合うものになってしまうのです。ふんだんにいいものを惜しみなく使ってお金をかけているからこそ、一人で20万円や30万円も使ってくれるお客様がいてくださるのです。

そしてもちろん、スタッフ自身も一流になってもらわないといけません。食事のマナーからショッピング、旅行等々、お客様と会話する時に対応できるように教養を身に付けないといけません。

お客様との会話の中でモナコの話が出てきた時にはモナコのどこのフレンチが美味しいのか、銀座のお鮨はここがいいというような会話ができる事が大切です。そういう事を肌身で知っている事によって、お客様の1万円のボトルが5万円にも10万円にも化けるのです。

お金をかけて磨かれたいい女である事が、お金を生み出していく事は間違いありません。

高いものを勧められるのが嬉しい

お店に行って高いものを勧められなくなったら、自分は終わったと思います。自分にオーラが出ていないのだと思うのです。

食事でお店に行って、安いメニューを見せられた時、私は激しく落ち込みます。「俺はそんなふうにしか見られていないのだ」と。

高いお店に行くととんでもなく高いものを勧めてきたりします。そんな時、私は嬉しくなります。そう見られているのだと感じる事が自信になります。いま私にはそういうオーラが出ているのだと。

パリのとあるレストランにはじめて行った時の事です。他によさそうな席は空いているのに、あまりいいとはいえない席に案内された事があります。これは舐められているなと感じました。パリというのは華やかな場所である事は間違いありませんが、明確に差別というものが存在する場所でもあります。

そんな時には、そのお店で思いきりたくさんのお金をお洒落に使います。そのレストランが私をこの席に案内した事を失敗したと思わせるような注文をするのです。そうすると、注文している最中にウェイターがあちらの席はどうですか、いい席に移動されますか？　と言ってきますが、あなたは人を見る目がないのだと言いたげに、そこはあえて動きません。

違う日にとっておきのいい服を着て違うレストランに行きました。予約もしていませんでしたが、今度はいい席に通されました。お店は服装や振る舞いで客を判断をしてくるものだと痛感しました。私の席は一階でしたが二階がどんなふうになっているかも見たくなって上がってみると、ひときわ目を引く一人の客が食事をしています。ジャージ姿の男性が一人で黙々と食事をしているのですが、一番いい席です。周りではカップルや大勢の客が末席で食事をしているのに。そのジャージ姿の男性はものすごいオーラを放っています。ミュージシャンなのか俳優なのか、そんな雰囲気がありました。きっと一人でもいい席に通されるなにかがあるのでしょう。

私はフレンチが好きですが、いいお店では絶対にコースでは頼まないようにしています。アラカルトで注文します。アラカルトで注文をしていると、スタッフがお勧め料理を案内してきます。もちろん料金は他のアラカルトよりも高い値段ですが、私は喜んでお勧めされたものを頼みます。

慣れてくると、こちらからお勧めを聞いたり今日入荷したいいものはないかと尋ねて、調理法を聞いたりしながら注文をするようにしています。

お店の若いスタッフにフレンチの注文の仕方を教えてほしいと言われると、まずはキャビアとグラスのシャンパンから頼んでみればと言います。グラスのシャンパンで大体４０００円程、キャビアで3万円程が相場でしょうか。

高級ブランドのショップでも同じです。はじめて入ったお店なのに、いきなりソファー席に通されてシャンパンが出されました。まだなにも買っていないのに、この好待遇。そしていろいろな服が見たいと伝えると、店の奥から私のためだけに店専属のモデルが洋服を着て出て来てファッションショーのように私の前で見せてくれるのです。最新の洋服などは店頭には並ばず奥にしまってある事が多いものです。

これは贅沢な気持ちになれました。一着が50万円もするものばかりでしたが、購入しました。帰りは車までお見送りをされて私は清々しい気持ちで家路につくのです。

高いものを勧められて、それを買う。この不景気な時代においてはそういう人も減ってしまったかも知れませんが、私は高いものを気持ちよく買う事で気分よくいられる状態を大切にしているのです。

一見さんは一回でお店を判断する

銀座の路面店には月に50人から100人の一見さんのお客様がいらっしゃいます。その事に関して従業員に口を酸っぱくして言う事があります。

「どんな常連さんも最初は一見さんのお客様」

当たり前なのですが、ついつい常連さんがお店にいらっしゃるとそこに甘えてしまう時があります。店長やベテランの従業員たちが常連さんにベタ付いてお話をしていて、新人が新規のお客様にポツンと付いているだけという事があります。

はじめてのお客様が来られたら、出勤している中で一番かわいい子か盛り上げられる子を付けるように指示を出しています。その新規のお客様に次も来てもらえるようにするためにはどうするのか考えなさいと教育しています。

はじめて入ったバーや個人経営の小さい飲み屋さんに行くと、そのような光景を見かけた事はあるかと思います。店主は常連さんと盛り上がっていてその雰囲気に一人で入ったお客様が上手く馴染めず、二度とそのお店には行かなくなるという事を避けるためです。

一見さんは、その一回でお店を判断します。

ですから、新規のお客様に対しては普通の接客ではいけません。慣れない新人よりも店長やマネージャークラスのスタッフが付いて積極的に盛り上げていくというのが、ベテランの仕事です。

喋りやすい、甘えやすい、楽だから常連さんの席につく、のではいけません。慣れていないスタッフからは「新規のお客様にお酒を勧めたりいただいたりするのは気が引ける」という意見も聞きます。しかし、それよりも一見さんを常連さんにした時の達成感の方がより大きいハズです。

新規のお客様に一番かわいい子を付けたり、上手く盛り上げたりする事ができれば、次も来てくれるかも知れません。今日は一人でいらしていたけれども、もしかしたら次の来店時には「面白い店があるよ」と、お友達を連れて来られるかも知れません。チェーン店ならまだしも、個人経営のような小さなお店はそういうチャンスは逃してはいけないのです。

新規のお客様を上手く取り込めず常連さんだけに甘えているようなやり方をしていると、いくら路面店でも3ヶ月で潰れてしまいます。この新規のお客様にどれだけリターンしてもらえるか。この一見さんに常連さんになってもらうんだと言う事を忘れてはならないのです。

どれだけ一見さんが大切な売上げの役目をしてきたかというのが分からないスタッフもいます。

常連さんもはじめは一見さんです。先輩スタッフがお客様を常連にしてきたというお店の歴史が脈々と受け継がれているのです。もっともっと一見さんに楽しんでいただいて常連さんになってもらいましょうと絶えず声をかけています。

しかし、中にはタチの悪い新規のお客様もいらっしゃいました。

最初は新規のお客様としてお店に来ていただきました。ワインを1本飲まれるとカードでお会計をして帰って行かれました。スタッフも目一杯盛り上げて楽しく飲んでいただいたと思いました。ところが1時間もするとまた先程のお客様がいらっしゃいました。忘れ物でもしたのかと思いましたが、どうやら違うお店で飲まれていたそうで、「そのお店よりもこっちの方が楽しかったからまた来ちゃった」とおっしゃられました。

スタッフも皆、自分の仕事に手応えを感じていました。そして酔いも回ってらっしゃるお客様をさらに盛り上げました。それからまたボトルを入れて楽しそうにお飲みになられてお会計はまたカード。

ご機嫌な様子でお店を出て行かれるのですが、小一時間もするとまたお店にやって来られては飲み始めます。その夜の間で4回もカードでお会計をされました。

後日、カード会社から連絡がきました。そのお客様は使った覚えがないとカード会社にクレームを入れたそうなのです。さすがに随分と飲まれていらっしゃるなとは思いましたが、そんなに使った覚えがないというのには驚きです。カード会社からは、サインのある伝票をFAXで送って欲しいと言われたので、すぐに送りました。

カード会社から再度連絡がありました。お客様は利用した覚えがないと。

そんなアホな！

思わず私は驚きました。これはやられたなと気づきました。

「そういう人にカードを持たしたらあかんやろ」

とFAXに書いて送り返しましたが、カード会社には馬の耳に念仏でしょう。

実際、カード会社に悪質な苦情ばかりを入れる人のブラックリストというのは存在しているそうです。こういう悪質なカードの不正使用も複数回になると、カード会社から悪用調査が入るようですが、こちらとしてもたまったものではないのです。

癒やしの海外旅行

「そうだ、海外に行こう」

私は若い頃から海外旅行が大好きで、なにかと暇を作っては日本を脱出する事が最大の癒やしになっているのです。事実、海外旅行から帰ってくるとインスピレーションを得る事ができたのか、ツキが付いたのか、仕事が上手くいく事が多いのです。

一時期、葉巻に凝っていた頃は「キューバで最上級の葉巻を吸いながらモヒートを飲む」という夢を叶えるためにキューバに行った事もあります。カストロの生家を見て、カリブ海で泳ぎ、現地のオバちゃんに強引に引っ張られて訳の分からない踊りをさせられたりしたのもいい思い出です。

ドバイではデザートサファリにも行きました。砂漠の中を四駆車で爆走カーチェイスして、ラクダに乗ってベリーダンスを見て180度に広がった満天の星空を見上げるアラビアンナイトを過ごしたり。

しかしなんといっても私が大好きなのは、モナコです。広さは皇居2つ分くらいの広さしかない世界で2番目に小さな国ですが、世界中の金持ちが集まる場所でもあり、いつかはモナコに住みたいというのが私の最終的な夢でもあります。

昔、資金繰りに困っていた時に弁護士と相談していると、自己破産をするかどうかと迫られた苦境の時代もありました。弁護士は自己破産した方が楽だと助言してきます。しかし、自己破産をした経験がある者はまずモナコで永住権を得る事はできないといいます。私は自己破産という崖っぷちから下を覗き込んでいたのですが、その話を思い出して崖から身を引き弁護士に自己破産はしないと断りました。もちろんその理由も伝えました。

「破産しようとしている人が、将来モナコに住むためにとか……。鷺岡さん、真面目に考えてくださいよ」

弁護士はそう言いますが、私の夢を諦める訳にはいかないので自己破産の勧めを断って、そこからなんとか盛り返してきたのも事実です。モナコに住みたいという夢の力が私に這い上がるエネルギーをくれたとさえ思っています。

それほど私にとってモナコは憧れの国であり、モナコに住むまでは死ねないと思っています。

モナコに行くには、まずカンヌに行って3日間ほどゆっくりと過ごして、それからニースに向かいます。ニースでも1日滞在して目的地のモナコに向かいます。ニースからモナコまではヘリで30分程の距離です。ヘリコプターでモナコに向かう時に眼下に広がるモンテカルロの街並みはそれはそれは素敵なものです。

そして憧れのオテル・ド・パリ・モンテカルロに3泊。モナコの澄み切った青い海に浮かぶヨットや豪華なクルーザーを眺めながらの極上な時間を過ごします。何度もモナコに通っているうちに、現地在住の友達もできました。

ある年の年末にモナコに行ってカウントダウンをしました。その後にカジノに繰り出しバカラに興じていると、へべれけ状態の外国人がテーブルにやってきました。カウントダウンで飲み過ぎたのだろうと思って顔を見ると、なんとあのジェームズ・ボンド役のダニエル・クレイグではありませんか。泥酔状態のボンドは一度に2000ユーロも賭けたりして、場を完全に乱していましたが、それでもジェームズ・ボンドです。私も昔は「自称なにわのジエームズ・ボンド」を名乗っていた頃もありましたが、本物のジェームズ・ボンドを目の当たりにして感激していました。結局ボンドは10分程の短い時間で100万円程をスッてしまい千鳥足で去っていきました。

よく日本の高級ホテルなどで見かける事ですが、はじめて高級ホテルにやって来たであろうオジさんが自分が偉くなったと勘違いしているのか横柄な態度になっているのを見かけます。そういう姿を見かけるたびに、反面教師として心に留めておくようにしています。

海外でも同じです。はじめて訪れた異国の地でテンションのメーターが振り切れてしまったのか、カメラを片手にセカセカと動き回るような姿は同じ日本人としてなんとも言えない気持ちになります。

私は海外に行くと、心の中で勝手に日本人を代表して遊びに来ているつもりになっています。恥ずかしく見られないよう、服装にも気を配りお金の使い方もエレガントかつゴージャスにと心がけています。日本人はオシャレでスマートなんだと思われるように行動するようにしているのです。

エピローグ

私の人生は山あり谷ありです。今もジェットコースターに乗っているような毎日を送っています。谷になった時は、私の努力不足です。

そんな時は、本来の考え方に立ち返るようにします。

「人材を人財にする」

「できないんじゃない、やらないだけだ」

これらを念頭に置いて、一つ一つを見つめ直す事にしています。

人生は何歳になっても学ぶ事が必要だと身をもって感じています。

平成が終わる二〇一九年で、67歳になる私ですが、挑戦したい事がいくつかあります。

森田恭通さんが、「西麻布のパリ」と言ってくださった、西麻布の交差点すぐにある「Agent 西麻布」店をさらに盛り立てていくのは当然です。それに加え、これまでの経験がどこまで通用するか分かりませんが、会社を組織化し、夜の仕事だけでなく昼の仕事にも挑戦していきたいと思ってます。

いくつになっても新しい事にチャレンジするのは楽しいものです。幼い頃、好奇心から時計を分解した時のように新しい感動があり、元に戻らない失敗も一つの経験になり、自分も育つものです。

あらゆる経験が自己投資であり、のちのビジネスに繋がる大切な引き出しとなります。自分への投資だけでなく、先行投資を惜しまずに人を育てる教育は、最大の投資といえるでしょう。人材を人財にしていく事こそが、文字通り「資産」となるのです。

ビジネスは、多角的な視点で物事を捉えて洞察しなければいけません。水商売をやっているからといって、単体の考えでは成長は望めません。これまでのあらゆる経験を駒と考え、その駒をどの局面で、時には既成の枠を外して、展開・活躍させるかという（イノベーション）ゲームだと思っています。

プライベートでは、結婚でしょうか。

元ミス・インターナショナルで、国内外で事業をしている素敵な婚約者がおります。グローバルで凄すぎる経歴を持つ経営者でもあるので、私自身学ぶ事もあります。さまざまな事に対してお互いを成長させる事ができます。これまで3度の結婚・離婚をしてきた私ですが、今度こそ生涯のパートナーとして人生を終わらせる事ができればと願うばかりです。

私には学歴も地位も名誉もありません。そんな私が、お客様やスタッフ、そしてさまざまな方とのご縁を頂戴して成長させていただきました。

これには、ただただ感謝の気持ちしかありません。

これからもご縁を大切に感謝し、謙虚な気持ちを忘れず、努力する事を怠らず、驕《おご》らずに進んでいきたいと思っております。

構成　ヤシキケンジ
装幀　米谷テツヤ
写真　長屋和茂

この作品は書き下ろしです。原稿枚数356枚（400字詰め）。

〈著者紹介〉
鷺岡一博　1952年兵庫県生まれ。18歳の誕生日に初めて自分の店を開店。その後、様々な業種を経て水商売で成功。関西の「水商売の頂点」である北新地でのべ18店を開店、繁盛させたのち、日本の「水商売の頂点」である銀座に拠点を移す。銀座ではのべ14店を開店。現在は、「銀座 Padan」「銀座 Agent l'amour」「Agent 西麻布」の3店舗を経営している。

GENTOSHA

バーカウンターから世間を見れば
2019年5月25日　第1刷発行

著　者　鷺岡一博
発行者　見城 徹

発行所　株式会社 幻冬舎
〒151-0051 東京都渋谷区千駄ヶ谷4-9-7

電話:03(5411)6211(編集)
03(5411)6222(営業)
振替:00120-8-767643
印刷・製本所:図書印刷株式会社

Printed in Japan
ISBN978-4-344-03469-3 C0095
幻冬舎ホームページアドレス　https://www.gentosha.co.jp/

この本に関するご意見・ご感想をメールでお寄せいただく場合は、
comment@gentosha.co.jpまで。